KB114833

# 헌터세계의 귀환자

FUSION FANTASTIC STORY

**김재한** 장편소설

# 헌터세계의 귀환자 8

김재한 장편소설

초판 1쇄 찍은 날 § 2019년 6월 18일
초판 1쇄 펴낸 날 § 2019년 6월 25일

지은이 § 김재한
펴낸이 § 서경석

총괄팀장 § 노종아
편집책임 § 김대용

펴낸곳 § 도서출판 청어람
등록번호 § 제387-1999-000006호
등록일자 § 1999. 5. 31
어람번호 § 제1-3029호

주소 § 경기도 부천시 부일로 483번길 40 서경B/D 3F (우) 14640
전화 § 032-656-4452   팩스 § 032-656-4453
http://www.chungeoram.com
E-mail § chungeorambook@daum.net

ⓒ 김재한, 2018

ISBN 979-11-04-92014-1 04810
ISBN 979-11-04-91899-5 (세트)

8

# 헌터세계의
# 귀환자

청어람

# 헌터세계의 귀환자

# Contents

# Chapter49

## 배신당한 것은 누구인가?

1

차준혁은 어두컴컴한 방에서 침묵하고 있었다.

의자에 앉은 그의 앞에는 50인치 벽걸이 TV가 노이즈 가득한 화면을 띄우고 있었다. 그것 말고는 아무것도 나오지 않는다.

그런데 차준혁은 마치 그 화면에 뭔가 내용이 있는 영상이 재생되기라도 하는 것처럼, 잔뜩 집중한 눈으로 바라보고 있었다.

"……."

한참 동안 침묵하던 차준혁은 한숨을 쉬며 TV를 껐다.

그리고 철저한 방음 설비 때문에 쥐 죽은 듯이 조용한 방안에서 무너지듯 의자에 몸을 기댔다.

"선생님……."

차준혁의 눈은 과거를 향하고 있었다.

다니엘 윤이 그에게 남긴 유언장.

그 영상은 딱 한 번 재생된 후에 자동으로 파기되었다. 다시 보고 싶어도 볼 수 없기에 차준혁은 스스로의 기억에 의존할 수밖에 없었다.

죽은 자가 바라는 것은 무엇일까?

누구든 좋으니 알려줬으면 좋겠다. 하지만 대답을 줄 사람은 아무도 없었다.

"후……."

한숨을 쉰 차준혁은 의자에서 몸을 일으켰다.

이곳에 온 것은 번민을 끝내기 위해서였다. 마음속으로 무언가를 결정한 그는 방을 나섰다.

\*　　　　\*　　　　\*

팀 섀도우리스는 괌 청소 작전을 성공리에 마무리했다. 미국이 포기한 재해 지역이었던 괌에는 이제 더 이상 몬스터가 남아 있지 않았다.

물론 그 사실에 큰 의미는 없었다.

미국은 굳이 괌을 관리하지 않을 테니까. 시간이 지나면 또 게이트가 열리고, 아무도 공략하지 않아서 게이트 브레이크가 일어날 것이다. 그렇게 풀려난 몬스터들이 죽음의 땅으로 변한 괌에 자리 잡을 터.

하지만 재해 지역 청소를 명분으로 삼아서 괌에서 벌어진 실질적인 일들은 크나큰 의미가 있었다.

용우가 말했다.

"결국 적자로군."

"이렇게까지 하고도 적자라니……."

그 말에 이비연이 고개를 절레절레 저었다.

두 사람이 괌에서의 전투를 위해 소모한 마력석의 양은 무려 27톤에 달한다.

벌인 일의 규모를 보면 그럴 수밖에 없다.

괌 전체를 감싸는 결계를 구축했다.

그 결계 영역 안에서 광범위한 정보 세계를 구현했다.

그리고 군주 두 명의 영혼을 강제로 강림시켜서 살해했다.

그 결과 군주를 둘이나 끝장냈다는 점을 생각하면 오히려 싸게 먹혔다고 할 수 있으리라.

하지만 앞으로도 전투에서 이만큼 마력석을 소모할지도 모른다는 게 문제였다. 미국이 대가로 지불한 3톤으로는 전혀 만회가 되지 않는다.

재해 지역인 꽘에 바글거리던 몬스터들을 싹쓸이하고, 군주의 죽음으로 인해 발생한 마력석을 꼼꼼하게 회수하고, 군단의 정보 세계로 쳐들어가서 군주의 영혼 잃은 몸과 그 최정예 부하들까지 처치해서 마력석을 획득했는데도 결국 5톤이 넘는 적자가 났다.

"내가 뭐랬냐? 너도 나 못지않게 써댈 거라고 했지?"

"칫."

용우의 지적에 반박할 말이 없는 이비연이 혀를 찼다.

"그런데 선생님."

둘이 대화를 나누고 있는 거실에는 리사도 있었다. 잠자코 둘의 대화를 듣고 있던 그녀가 물었다.

"아직도 선생님은 엄청나게 많은 마력석을 비축하고 계시잖아요?"

"볼더를 잡았을 때 획득한 게 많았지."

확실히 그때는 볼더는 물론이고 그 휘하의 모든 부하들, 거기에 그가 다스리는 백성들까지 전부 몰살시키고 엄청난 양의 마력석을 획득했다. 작은 문명 하나를 끝장낸 결과가 마력석이라는 자원으로 환원되었으니 그 양은 정말 어마어마했다.

그 일이 아니었다면 용우는 마력석 부족에 시달리고 있었을지도 모른다. 이번처럼 두 군주를 잡기 위해 엄청난 마력석을 투입한 함정을 팔 수도 없었을 터.

"그럼 이쪽에서 역공을 가하는 게 나을 수도 있지 않나요?"

"역공이라면 어떤?"

"남은 마력석으로 선생님의 분신과 성좌의 무기 모조품을 다수 만들어서 저들의 세계를 공격한다면……"

용우가 왕의 섬에서 열쇠를 훔쳐올 때 투입했던 분신은 활동 시간이 제한적이긴 해도 굉장히 강력한 능력을 발휘했다. 그런 분신을 여럿 투입할 수 있다면 군주의 본신도 충분히 암살할 수 있지 않을까?

"그건 안 돼."

용우가 고개를 저었다.

"존재 지속력이 강한 분신을 운용하는 건 여러 모로 위험성이 커. 적이 그 존재를 인지하고 있다면 더더욱. 지난번에는 어디까지나 허를 찔러서 놈들을 잘 속였으니까 먹힌 거지."

"존재 지속력이요?"

"흠……"

용우는 고민했다. 이걸 어떻게 설명해야 할까 난감해하는 모습이었다.

그 모습이 우스웠는지 이비연이 킥킥 웃었다.

"내가 설명해 줄까? 분신 제작 전문가는 자기한테는 너무 당연한 느낌이라 설명하기 힘들 수도 있지. 난 오빠보다는 훨씬 설명을 잘하는 편이지만……"

"……"

이 대목에서 용우가 이비연을 째려보았고, 이비연은 뭐 할 말 있냐는 표정으로 받아쳐 주었다.

"그래도 종종 결계에 대해서 모르는 사람한테 설명하기 힘들다고 느낄 때가 있어. 보통 분신이란 건 내 의식을 담아서 원격조종하는 방식으로 쓰는 거야. 그게 아니면 구현하기 전에 행동 패턴을 결정하고 투입하거나. 그리고 이 경우 분신의 존재 지속성은 약하고, 짧아."

본체는 맞아봤자 조금 아프고 말 공격이라도 분신은 한 대 맞으면 해제될 수 있는 것이다.

"하지만 그때 오빠가 만든 분신은 특별해. 한정된 시간 동안은 본체와 비슷한 능력을 발휘하고, 자율적인 의지까지 가졌지."

타락체들의 정점에 선 라지알조차도 진위 여부를 간파하지 못했을 정도로, 말도 안 되는 완성도의 분신이었다.

"여유 있는 상황에 투입할 경우 자력으로 마력을 회복해 가면서 존재를 유지할 수 있을 거고, 어쩌면 본체와의 연결을 끊고 독립된 존재가 되려고 했을 수도 있어. 탁월한 분신이라는 건 그런 위험성을 안고 있는 거야. 그런 분신을 여럿 만든다는 건 자살행위가 될 수 있고."

게다가 이 분신조차도 분신의 한계성은 극복하지 못했다.

"마지막 순간까지 놈들이 분신임을 알아차리지 못하게 한다. 오빠가 준비한 작전의 핵심은 그거였어."

그 작전에서 중요한 것은 분신의 능력을 얼마나 뛰어나게 만들 수 있느냐가 아니었다.

미술품의 위작처럼, 정밀한 감정 작업을 거치지 않고서는 가짜임을 알아볼 수 없도록 만드는 게 가능한가였다.

"왕의 섬에는 라지알 말고도 분신이라는 것을 알아차리는 순간 약점을 찌를 능력이 있는 놈들이 수두룩했으니까. 사실 그때 오빠는 꽤 위험한 다리를 건넌 셈이야."

분신은 본체와의 연결성을 갖는다. 그렇기에 분신이 제압당할 경우 분신을 통해서 본체가 공격당할 수도 있다.

용우도 순순히 인정했다.

"그랬지. 내가 한 일을 놈들이라고 못할 이유는 없으니까."

용우가 군단의 빙의체를 제압해서 본체에 치명적인 타격을 줬던 것처럼, 적들도 그럴 수 있었다.

"아……."

리사는 납득했다.

하긴 용우가 지금까지 해온 일들이 그것이지 않았던가? 구세록의 계약자들도, 종말의 군단도 결국 안전한 곳에서 타인만을 희생시켜 가면서 목적을 이루려 하다가 용우가 찌를 약점을 제공하고 말았다.

"수법이 밝혀진 마술이나 마찬가지야. 같은 수법으로 놈들을 치는 건 내 약점을 때려달라고 부탁하는 것과 똑같지."

그러니까 분신을 이용한 기만작전은 일회용이었다. 리사가 그 사실을 이해하자 용우가 화제를 돌렸다.

"어쨌든 이걸로 남은 군주는 셋."

광휘의 데바나.
뇌전의 에우라스.
대지의 트라드.

일곱 군주 중 넷을 처리했으니 이제 남은 것은 저 셋뿐이다.
"그 셋을 처리하면, 이 전쟁이 끝날까?"
"오빠는 어떻게 생각해?"
"난 안 끝난다고 봐. 놈들은 분명 대체 불가능한 존재지만, 저놈들이 없다고 해서 '왕'이 탄생할 수 없는 걸까?"
이비연이 알고 있는 왕위계승권자들의 리스트만 봐도 군주만이 아니라 라지알이 포함되어 있다.
"그리고 '기둥'이 무엇인가에 대한 의문이 풀리지 않았어."

군단은 성좌의 무기를 가리켜 '기둥'이라 부른다.
구세록의 계약자를 가리켜 '기둥의 제물'이라 부른다.
아티팩트를 가리켜 '열쇠'라고 부른다.

기둥의 의미 자체는 이미 밝혀졌다. 일곱 개의 기둥은 종말의 군단에게 침략당하는 세계를 지키는 방벽을 지탱하는 역할을 한다. 기둥이 있기에 종말의 군단은 구세록의 규칙에 따른 제약을 받고 있는 것이다.

"여기서 놈들의 세계에서도 존재가 확인된 것은 '열쇠'뿐이지."

"혹시 오빠는 군주 코어가 성좌의 무기에 해당하는 존재가 아니라고 생각하는 거야?"

"그래."

용우의 대답에 이비연이 눈을 동그랗게 떴다.

군주의 의지가 제거된 군주 코어는 거대한 힘의 덩어리다. 사용자의 마력을 증폭시켜 주는 것은 물론이고, 그 형상을 변화시켜 성좌의 무기와 융합시키는 것도 가능했다.

그런데 용우는 그것이 성좌의 무기에 해당하는 존재가 아니라고 말한다.

"어째서?"

"힘만 있으니까."

"음?"

"성좌의 무기는 힘만이 아니라 그것을 쓰기 위한 방법도 같이 들어 있잖아. 하지만 군주 코어에는 그 군주가 휘두르는 권능의 근본이 되는 힘만이 있지."

성좌의 무기에는 수많은 특성과 스펠이 내재되어 있었다. 심지어 그중에는 용우와 이비연이 갖지 못한 것들도 있을 정도다.

그렇기에 1세대 구세록의 계약자들은 다종다양한 스펠을 구사하는 올라운더일 수 있었던 것이다.

"놈들에게도 그 부분에 해당하는 무언가가 있지 않을까? 그리고 그건 왕의 섬에서 본 일곱 개의 기둥일 것 같아."

"근거는?"

"그냥 감이야."

"하지만 그럴싸하게 들리긴 하네."

이비연도 심각한 표정으로 중얼거렸다.

용우가 말했다.

"의문은 그것만이 아니야. 너는 이 전쟁에 공정한 규칙이 적용되고 있다고 말했지?"

"군단 수뇌부는 그렇게 말하고 있었어."

"놈들은 내가 구세록의 계약자들을 없앴기 때문에 제약이 느슨해지고 있다고 말했어."

성좌의 무기는 용우에게 계승되었지만, 계약은 계승되지 않았다. 계약이 소멸했기에 군단은 보다 자유롭게 행동할 수 있게 되었다.

"그럼 내가 군주를 없앨 때마다 우리 쪽… 정확히는 지구 인류 측에도 뭔가 유리함이 발생했어야 하는 거 아닌가?"

"그러게?"

생각해 보지 못한 부분이었기에 이비연이 눈을 크게 떴다.

용우가 말을 이었다.

"하지만 그런 이익이 발생한 것 같지가 않아. 발생했다고 하더라도 우리가 알 수 없지."

종말의 군단은 모든 규칙을, 심지어 그 규칙이 상황에 따라 변칙적으로 적용되는 것까지 파악하고 있다.

그런데 인류는 아직 자신들이 휘둘리는 규칙조차 다 알지 못한다.

양쪽에게 주어진 정보의 불공평함이 조금도 해소되지 않았다.

"누군가 우리에게 와야 할 이익을 가로채고 있는 게 아닐까? 그런 의심을 지울 수 없군."

"만약 오빠의 가설이 맞는다면 그건……."

띠리리리리…….

그때 용우의 핸드폰이 울렸다. 휴대폰을 들어 보니 김은혜에게서 걸려온 전화였다.

"무슨 일이지?"


\*　　　　\*　　　　\*


김은혜의 공식적인 직함은 팀 섀도우리스의 매니저였다.

매니저라고 하면 별것 아닌 것 같지만 그녀의 권한은 막강하다. 팀 섀도우리스의 업무적인 부분 전부를 총괄하고 있으니까.

실질적으로는 팀 섀도우리스라는 기업의 고용 CEO 역할을 하고 있다고 할 수 있으리라.

그런 그녀는 휴대폰을 여러 개 쓰고 있었다. 사적인 번호와 업무적인 번호를 나눠서 쓰고 있는데, 업무적인 번호에는 산더미 같은 번호가 입력되어 있었지만 그녀에게 직통으로 연락해 올 만한 사람은 얼마 되지 않았다. 그만큼 팀 섀도우리스의 위상이 커졌기 때문이다.

특히 연락처에 번호 저장도 되지 않은 누군가가 연락을 해올 일은 없다고 봐야 한다.


[제로. 도쿄. 4월 21일.]


그래서 그 짧은 메시지가 전송되어 왔을 때, 김은혜는 당혹감을 느꼈다.

이걸 무슨 의미로 이해해야 할까?

한참 동안 고민해 봤지만 알 수가 없었다. 백원태와 오성준, 그리고 정부에 부탁해서 번호 추적을 시도해 봤지만 해외에서 발신되었다는 것만을 알아냈을 뿐이다.

무시하기에는 너무 의미심장하다.

그렇게 생각한 김은혜는 서용우에게 전화를 걸었다.


2

일본은 광활한 재해 지역들을 끌어안고 있다.

도쿄는 그중에서도 가장 상징적인 지역이었다. 한때 일본의 심장부였던 대도시는 퍼스트 카타스트로피 때 멸망했고, 지금까지도 재해 지역으로 남아 있었다.

일본의 최정예 헌터들조차도 외곽 지역에 침투해서 몬스터 개체수를 줄일 뿐, 깊숙이 들어갈 엄두를 못내는 곳이다.

그런데 그 한복판, 한때 패션 스트리트라 불리며 화려함을 뽐냈던 하라주쿠의 폐허를 한 남자가 걷고 있었다.

흑발에 캐주얼한 차림새를 한 남자, 서용우였다.

김은혜를 통해서 날아온 정체불명의 메시지.

그것이 자신을 향한 초대장이라고 생각했기에 지정한 날짜에 도쿄로 온 것이다.

〈근데 도쿄 진짜 넓잖아? 여기서 누군지도 모르는 사람을 어떻게 만나려고?〉

텔레파시로 바로 옆에서 재잘거리는 것 같은 목소리가 들려왔다.

만약을 대비해서 철저하게 은신한 채로 따라오고 있는 이비연이었다.

용우가 말했다.

"부른 놈이 찾아오겠지."

〈오빠 의외로 아무 생각 없더라?〉

"아니거든?"

〈차라리 몬스터라도 잡아서 이목을 끄는 게 낫지 않아?〉

용우는 은신은 하지 않았지만, 환영을 덧씌워서 얼굴을 바꾸고 몬스터와의 교전은 피하면서 이동하고 있었다. 폐허라고는 하지만 이렇게 건물들이 많은 곳에서는 어렵지 않았다.

"짚이는 게 있어."

〈뭔데?〉

"부른 놈이 누군지 알 것 같거든."

〈근거 있는 거야?〉

"감이야."

〈또 감이라니, 그 감 너무 믿는 거 아냐? 예지능력자도 아니면서.〉

이비연이 황당해하는 것도 당연했다.

용우가 피식 웃었다.

"걱정 마. 너 데려왔잖아."

〈그래도 그렇지. 함정일지도 모르는데 굳이 이래야겠어?〉

"함정이면 더 좋지. 의기양양해하는 놈들 뒤통수를 제대로 후려갈겨 줄 수 있을 테니까."

〈못 말려.〉

이비연이 투덜거렸다. 하지만 말 그대로 투덜거림일 뿐, 진짜로 싫어하는 기색은 아니었다.

"음?"

문득 용우가 고개를 들었다.

소형 드론 하나가 빌딩 사이를 날아오고 있었기 때문이다.

도쿄를 돌아다니는 드론이라면 일본이 재해 지역 모니터링을 위해서 운용하는 드론일 가능성이 컸다. 하지만 용우는 굳이 몸을 숨기지 않았다. 어차피 얼굴도 환영으로 바꿨고, 마력 패턴도 바꾸고 있기 때문이다.

그런데 그 소형 드론은 용우 앞에 착륙하더니 기동을 멈췄다.

"그렇군. 이런 방법을 쓰는 건가."

용우가 알겠다는 듯 미소를 짓는데, 그 앞에 한 남자가 나타났다.

텔레포트였다.

용우는 전혀 놀라는 기색 없이 남자를 관찰했다.

남자의 몸은 약간 말랐고 얼굴은 평범했다. 머리는 부스스하고 면도를 하지 않아서 수염이 지저분하게 자라 있었다.

남자가 용우를 바라보며 물었다.

"제로인가?"

"사다모토 아키라겠지?"

드론으로 위치를 특정한 뒤 텔레포트로 나타난 사람이 평범한 인간일 리 없다. 팀 섀도우리스의 일원들을 제외하면 지구상에 그런 일이 가능한 인물은 정말 몇 없다.

"그래."

사다모토 아키라는 순순히 고개를 끄덕였다.

둘은 각각 한국어와 일본어로 떠들고 있었지만, 텔레파시를 쓰고 있었기에 아무 상관 없이 대화가 통했다.

용우가 물었다.

"일본 정부를 움직인 건가?"

"아는 사람의 힘을 좀 빌렸다."

김은혜의 전화번호를 알아내서 연락을 한 것도, 위성을 비롯한 관측 장비와 드론을 이용해서 도쿄에 온 용우의 위치를 특정한 것도 일반인이 할 수 있는 일이 아니다. 사다모토 아키라의 정체를 아는 정부 인사의 힘을 빌렸다. 평소에 아무것도 하지 않아서 그렇지, 그가 마음만 먹으면 일본이라는 국가를 뜻대로 움직이는 것은 그리 어려운 일이 아니다.

용우가 재미있다는 듯 사다모토 아키라를 보며 물었다.

"나를 만나자고 한 이유는?"

"한 가지, 확인하고 싶은 게 있어서다."

"그게 뭐지?"

"말로 할 수 없는 것."

사다모토 아키라는 잠시 하늘을 올려다보더니 다시 용우를 보며 말했다.

"네 마음."

"……."

용우는 이놈이 대체 무슨 헛소리를 지껄이는 건가 싶어서 눈살을 찌푸렸다.

사다모토 아키라는 그런 반응에 개의치 않고 물었다.

"혹시 외부에서 보고 들을 수 없는, 보안이 완벽한 곳이 있나?"

"있기야 하지."

⟨구세록의 힘으로도 볼 수 없어야 한다.⟩

사다모토 아키라는 굳이 텔레파시로만 말했다.

용우가 눈을 가늘게 떴다. 그 말에 담긴 뜻이 의미심장했기 때문이다.

"있어."

"그곳으로 갔으면 좋겠군."

"괜찮겠나?"

용우는 꼭 사다모토 아키라를 만나고 싶었다. 그리고 그것은 그에게서 새벽의 해머를 넘겨받기 위해서였다.

사다모토 아키라도 용우가 자신에게 호의적일 이유가 없다는 것 정도는 알고 있으리라. 그런데도 이렇게 호랑이 아가리로 걸어 들어가는 듯한 짓을 한단 말인가?

사다모토 아키라가 말했다.

"내가 지금 도망친다 한들 의미가 있나?"

"……."

"난 이미 너희들의 능력을 안다. 지금 내가 네 앞에 나타난 시점에서 내 목숨이 네게 쥐어져 있다는 사실을 이해하고 있지."

용우는 사다모토 아키라에 대한 평가를 수정했다.

그는 목숨을 걸고 여기에 나온 것이다. 용우가 자신에게 적의를 품고 있다면 목숨이 날아갈 것을 각오하고서.

'아니, 각오가 아닐지도.'

용우는 사다모토 아키라에게서 익숙한 느낌을 받았다. 지구로 돌아온 후에 다른 누군가를 보면서 받았던 적이 있는 그런 느낌을.

"가지."

용우는 사다모토 아키라에게 손을 내밀었다. 사다모토 아키라가 그 손을 붙잡았고…….

잠시 후, 그들은 남국의 해변에 서 있었다.

사다모토 아키라가 말했다.

"소멸한 게이트 내부 필드에 오는 것만으로는 구세록의 관측을 피할 수 없다. 금방 추적당할 거야."

"따로 조치를 취해둔 곳이야."

"그렇군."

사다모토 아키라는 더 따지고 들지 않고 수긍했다. 용우의 능력이 자신의 이해를 초월한다고 여기는 것 같았다.

"왜 이런 곳을 원한 거지?"

"용건부터 이야기해도 되겠나?"

"해봐."

용우의 마음을 확인하고 싶다니, 도대체 무슨 속셈인지 알수가 없었다. 질답을 나누겠다는 의도라면 또 모르겠는데 말로 표현할 수 없는 것이라니 선문답이라도 하고 싶은 것일까?

"텔레파시의 심도를 높여서 네 내면을 보고 싶다."

순간, 찌를 듯한 살기가 사다모토 아키라를 덮쳤다.

용우가 흉흉한 시선으로 그를 노려보고 있었던 것이다.

"그게 무슨 뜻인지 알고 하는 말이냐?"

"물론이다."

"내가 그걸 들어줄 거라고 생각하냐?"

사람에게는 누구나 남에게는 알리고 싶지 않은 것들이 있다. 꼭 대단한 비밀들만 그런 것은 아니다. 객관적으로 보면 아주 사소한 것들이라도 알리고 싶지 않을 수도 있는 것이다.

특히 용우에게 있어서 이 문제는 역린(逆鱗)이나 다름없었다. 마인드 리딩으로 자신의 표층 의식을 읽어내려는 시도조차도 충분히 상대를 죽일 만한 이유라고 생각했으니까.

"거절할 가능성이 높다고 생각했다. 결과적으로 너도 내 내면을 보게 되겠지만 그게 대가가 되진 않을 테니까."

"그걸 잘 알면서 왜?"

"네가 받아들일 만한 제안을 준비할 수가 없었으니까. 시간이 더 주어졌어도 마찬가지였겠지. 그리고 이제는 시간이 없어. 그래서 무작정 온 거다."

용우가 눈살을 찌푸렸다. 이놈이 무슨 소리를 하는 건지 알 수가 없었다.

"거절한 김에 여기서 너를 죽일 수도 있어. 새벽의 해머를 내놓게 만들고."

"그래도 어쩔 수 없지. 하지만 날 죽인다 해도 새벽의 해머는 가질 수 없다."

"과연 끝까지 그 생각이 바뀌지 않을지 볼까?"

용우가 한 걸음 다가섰다. 마력이 개방되면서 흉포한 괴물 같은 위압감이 사다모토 아키라를 덮쳤다.

그러나 사다모토 아키라는 덤덤하게 말했다.

"이미 계승 후보는 정해져 있다. 한번 설정한 계승 후보는 바꿀 수 없어."

그 말에 용우가 멈칫했다.

"네가 내게서 얻을 수 있는 건 2순위 계승 후보가 되는 것 정도다. 그리고 그건 얼마든지 해줄 수 있어."

"그리고 1순위 계승 후보가 누군지에 대한 정보도 얻을 수 있겠지."

"그것도 알려주지."

"……."

용우는 도무지 사다모토 아키라를 이해할 수가 없었다.

사다모토 아키라가 죽음을 두려워하지 않는다는 것은 알 수 있었다.

그에게서는 익숙한 느낌이 났기 때문이다.

애비게일 카르타를 처음 만났을 때 느낀 것과 똑같았다. 사다모토 아키라 역시 중증의 PTSD로 인해서 스스로가 살아 있음을 실감하지 못하는 인간이다.

"…이해할 수가 없군."

그럼에도 그가 원하는 것을 이해할 수가 없다.

왜 오늘이 되기 전까지는 직접 얼굴을 본 적도 없는 용우의 마음을 알고 싶어 한단 말인가?

"이유가 뭐지?"

"나는 이제 내가 퇴물이라는 사실을 받아들이고 있다. 그리고 그 이유는 너희들이, 아니, 정확히는 제로 네가 나타났기 때문이지."

0세대 각성자인 서용우의 등장이 지금까지 인류 문명을 지켜온 구세록의 계약자들을 쓸모없는 존재로 만들었다.

"그리고 다니엘 윤과 애비게일 카르타는 네게 미래를 맡겼다."

사다모토 아키라는 프리앙카와 허우룽카이, 엔조 모로와 미켈레의 이름을 말하지 않았다. 확실하게 용우의 아군이 되기를 선택한 두 명의 이름만을 말했다.

"그래서 알고 싶었다. 그 둘이 이 세계의 미래를 맡기겠다고 생각한 네가 품은 마음이 어떤 것인지."

"네가 그걸 알아봤자 무슨 의미가 있지?"

"개인적인 호기심일 뿐이다. 죽기 전에 한 가지 알고 싶은 게 생겼을 뿐."

용우는 사다모토 아키라를 가만히 바라보았다. 찌를 듯이 날카로운 시선이었지만 사다모토 아키라는 공허한 눈으로 용우의 대답을 기다릴 뿐이었다.

한참 동안 침묵한 용우가 입을 열었다.

"약속은 지키겠지?"

"선불을 원한다면, 그러도록 하지."

"아니, 그건 됐어."

그렇게 말하는 용우에게 당황한 이비연의 목소리가 들려왔다.

〈오빠, 제정신이야?〉

그녀가 아는 용우라면 절대로 할 리가 없는 선택이었다.

〈물론 제정신이지.〉

〈대체 왜?〉

혼란스러워하는 이비연의 물음에, 용우는 사다모토 아키라에게 말하는 것처럼 입을 열어서 대답했다.

"궁금해졌어. 네가 그렇게까지 해서 알고 싶어 하는 게 대체 뭔지."

지금까지 얻은 정보에 따르면 사다모토 아키라는 다니엘 윤이나 애비게일 카르타처럼 사명감을 가진 인물이 아니다. 정신적으로 망가진 지 오래되었으면서도 기계처럼 자신이 정한 원칙대로 게이트 재해와 맞서고 있는 자였다.

마음이 부서진 자에게 갈망을 부여한 의문, 그것도 용우 자신을 향한 호기심의 정체는 대체 무엇일까?

"그럼 시작해 볼까?"

용우는 그것을 확인하고 싶었다.


＊　　　＊　　　＊


라지알은 마음이 파괴당하던 순간을 기억한다.

하지만 그 순간의 기분이 어땠는지는 떠올리지 못한다. 왜냐하면 그때의 마음은 깨끗하게 표백되었으니까.

오직 감정이 거세된 기억만이 남아서 타락체 라지알의 자아를 이루는 토양이 되었다. 그리고 타락체로서의 목적 의식을 중심으로 구축된 새로운 자아는 생전의 그것과는 전혀 다른 누군가였다.

"…역시 모르겠군."

문득 그가 중얼거렸다.

라지알의 본거지에는 오래전, 그가 타락체가 아니었던 시절의 소장품들이 많았다.

그가 거닐고 있는 궁전도, 갤러리에 걸려 있는 그림이나 정원 곳곳에 있는 석상 같은 것들도 전부 그 시절의 소장품들이다.

타락체가 되기 전, 제1세계의 지배 계층인 초월권족 라지알은 예술을 사랑하는 남자였다. 뛰어난 연주가의 소문을 들으면 꼭 자신의 궁전으로 초대해서 연주를 들었고 이름이 알려진 화가들의 작품들을 수집하길 즐겼다.

하지만 지금의 그는 과거의 자신이 왜 그런 행동을 했는지 이해하지 못한다.

"어디가 아름답다는 건지… 모르겠어."

그는 갤러리에 걸린 그림들을 보며 중얼거렸다.

기억 속의 자신은 이 소장품들을 보며 온갖 미사여구를 늘어놓았다. 그러나 지금의 그는 아무리 봐도 그 평가에 공감할 수가 없었다.

그럼에도 이 소장품들을 보며 고개를 갸웃거리는 것은 기계적인 습관이다. 과거의 마음이 전부 표백되었는데도 그 집착과 습관이 남아 있었다.

"왜였을까?"

라지알은 한 사람의 얼굴을 떠올리며 중얼거렸다.

이비연.

벙어리 공주라 불리던, 기묘한 타락체.

오직 그녀만이 라지알에게 집착과 소유욕을 일깨워 준 존재였다.

그리고 라지알은 그 이유를 알았다. 그것은 이비연이 추측하는 것과는 다른 이유였다.

"라지알은, 왜 그랬을까?"

라지알이 스스로를 3인칭으로 부른 것은 타락체가 되기 전, 과거의 자신을 지금의 자신과 구분 지어 지칭하기 위함이었다.

라지알의 기억 속에는 한 초월권족 소녀가 있었다.

그 소녀의 외모는 이비연과 굉장히 닮아 있었다. 종족의 차이 때문에 세부적으로는 차이가 많이 나는데도 묘하게 서로를 떠올리게 하는 인상이었다.

라지알은 이비연을 보는 순간 그녀를 떠올렸다. 동시에 묘한 불편함을 느꼈고, 그것이 이비연을 죽을 곳으로 보낸 이유였다.

하지만 이비연은 당연히 죽을 거라고 생각한 임무에서 살아 돌아왔다. 라지알은 그녀가 불편해서 치워 버리고 싶었지만, 동시에 그런 감정을 느끼는 스스로에게 반감과 호기심을 느꼈다.

자신은 왜 이런 감정을 느끼는 것일까?

"왜 후회했을까?"

이비연을 보고 떠올린 소녀는, 과거의 라지알의 손에 죽은 소녀였다.

마음이 거세된 기억은 책에 기록된 타인의 인생이나 마찬가지다. 그저 정보량이 많을 뿐이다.

그래서 라지알은 과거의 자신을 이해할 수가 없었다. 그때 그가 느낀 냄새, 그의 손에 닿은 감촉, 그가 머릿속으로 떠올린 생각까지 아는데도 왜 그런 선택을 했는지 모르겠다.

과거의 라지알은 그 소녀를 사랑한다고 말했다. 연인으로서의 사랑은 아니었다. 그 소녀는 라지알의 배다른 동생이었다.

하지만 결국 과거의 라지알은 스스로의 손으로 직접 여동생을 죽였다.

그래야 할 이유는 있었다.

라지알은 제1세계의 지배 계층인 초월권족, 그중에서도 왕위를 두고 다투는 상위 계승자 중에 한 명이었다.

그리고 여동생은 초월권족인 왕이 비천한 신분의 여자를 품어 태어난 사생아였다. 라지알은 고대의 의식에 그녀를 제물로 바침으로써 스스로의 권능을 보다 강화할 수 있었다.

왕위에 대한 야망을 불사르던 과거의 라지알은 결국 아끼고 사랑하던 여동생을 죽이는 길을 선택한다.

그리고 그때부터 타락체가 되는 순간까지, 그의 마음은 한 가지 감정에 지배당하고 있었다.

그 감정의 이름은…….


### 3


사다모토 아키라는 오래전부터 망가져 있었다.

살기 위해서 싸운 적은 없다. 살고 싶어서 살아오지도 않았다.

사명감은 없다. 즐거움도 없다.

게이트 재해로부터 일본을 지킨 것도, 문화를 탄압하려는 모든 움직임에 잔인한 유혈로 보복한 것도, 은퇴한 만화가로서 인터넷 그림 방송을 해온 것까지도 마찬가지였다.

이건 이래야 해.

저건 저래야 해.

신념도, 만족감도 없이 기계적인 원칙에 따라 움직였을 뿐이다. 어떤 의미에서 사다모토 아키라라는 인간은 오래전에 죽었고, 지금의 그는 그 잔재에 불과할지도 모른다.

사다모토 아키라가 입을 열었다.

"…마지막으로 한 가지만 물어도 되겠나."

텔레파시를 통해서 서로의 마음을 엿본다.

그 과정은 길지 않았다. 애당초 많은 시간이 들 이유가 없는 행위였으니까.

물론 서로의 내면을 샅샅이 훑어본다면 긴 시간이 필요할 것이다. 하지만 사다모토 아키라는 그런 것을 바라지 않았다. 그는 그저 용우의 마음에 어떤 특정한 감정이 자리하고 있는지를 알고 싶었을 뿐이었다.

"제로, 너는… 속죄하고 싶은가?"

원하던 답을 구한 사다모토 아키라가 물었다.

용우는 그를 가만히 바라보다가 대답했다.

"아니."

"역시 그런가."

사다모토 아키라는 공허한 눈으로 중얼거렸다.

그런 그를 가만히 바라보던 용우가 말했다.

"그걸 알고 싶었던 거냐?"

사다모토 아키라가 용우의 마음을 엿보았을 때, 용우 역시 사다모토 아키라의 마음을 엿보았다.

지금의 그를 움직이는 원동력은 한 가지.

죄책감이었다.

모든 것이 시작된 그날, 그의 영혼을 산산조각 낸 그 감정이 그를 지금까지 움직여왔다.

사다모토 아키라가 말했다.

"이미 끝나 버린 일들은 어쩔 수 없지. 잘 알고 있는데도… 뭔가를 하지 않고서는 견딜 수 없었다."

퍼스트 카타스트로피의 그날, 아내와 딸이 죽은 이후로 그는 삶을 실감할 수 없게 되었다.

'나 때문인지도 모른다.'

이 모든 것이 자신 때문에 벌어졌을지도 모른다.


자신이 구세록을 발견했기 때문에.

구세록과 내용도 기억 못 하는 계약을 맺었기 때문에……

대실종과 퍼스트 카타스트로피는 그 대가였을지도 모른다.

'만약 그렇다면…….'

아내와 딸 역시 자신이 죽인 것이나 다름없지 않은가?

그날의 사다모토 아키라는 지구상의 그 누구보다도 뛰어난 권능을 가진 존재였다. 그럼에도 아내와 딸조차 지키지 못했다는 사실이 사다모토 아키라를 사로잡는 저주가 되었다.

"다니엘 윤과 애비게일 카르타는… 어딘가 나와 비슷한 냄새가 났지."

구세록의 계약자들은 오랫동안 정보 공간을 통해서 교류해 왔다. 텔레파시를 통해 대화하다 보면 단순히 목소리로 대화하는 것만으로는 알 수 없는, 상대의 감정을 읽게 되고는 한다. 서로 자기 사정을 이야기하지 않더라도 그들은 서로의 본질을 어느 정도 알게 되었다.

"……."

용우는 사다모토 아키라의 말을 부정하지 않았다.

다니엘 윤을 죽였던 그때, 용우는 다니엘 윤이 품고 있는 진심을 보았다. 대실종 이후로 한순간도 내려놓지 못했던 죄책감을.

애비게일 카르타 역시 마찬가지다. 그녀 역시 오랫동안 죄책감에 시달리며 살아왔다.

하지만 세 명이 품은 죄책감은 각각 다른 모양이었다.

사다모토 아키라의 죄책감은 지극히 개인적이었다. 그는 아내와 딸을 자신이 죽인 것이나 다름없다는 죄책감을 안고 있었다.

다니엘 윤의 죄책감은 사명감이었다. 그는 자신이 빈 소원이 인류를 지옥으로 몰아넣었을지도 모른다는 공포를 안고 있었다.

애비게일 카르타의 죄책감은 선택의 딜레마였다. 그녀는 늘 구할 존재를 선별해 왔다. 자신의 선택으로 누군가는 죄를 저지르고도 구원받지만, 반대로 누군가는 무고함에도 불구하고 구원받지 못한다는 사실이 그녀의 영혼을 갉아먹었다.

"물론 우리들… 구세록의 계약자 모두가 그렇지는 않았지."

사다모토 아키라는 서용우에게 죽은 자들을 떠올렸다. 그들과 개인적인 친분은 없고, 자신의 속내를 털어놓은 적도 없다. 하지만 그들 넷은 스스로의 속내를 과시하고 싶어서 안달이 난 자들이었다.

미켈레는 신의 사도로 선택받았다는 광신도의 믿음으로 움직였다.

엔조 모로는 다른 모든 인간은 자신의 보호가 있어야만 살아갈 수 있는 하찮은 존재이며, 자신은 위대한 존재라는 우월감으로 움직였다.

허우룽카이는 자신이 나고 자란 땅에 자리 잡고 있던 증오와, 증오의 대상을 파괴하고 정복하겠다는 권력욕으로 움직였다.

프리앙카는 그 힘으로 세상을 뜻대로 바꾸고, 인류를 구원하는 위대한 존재가 되겠다는 야심으로 움직였다……

"사실 나는 왜 너를 만나고 싶어 했는지… 스스로도 잘 몰랐다."

사다모토 아키라가 용우를 만난 것은 반은 계획이었고 반은 충동이었다.

용우가 자신과 같은 감정을 품었는지 알고 싶다. 용우가 세상을 지켜줄 인물인지 알고 싶다.

하지만 왜 그런 의문에 집착하는지는 스스로도 모르고 있었다.

퍼스트 카타스트로피 이후 14년간 그는 지금까지 자신이 정한 원칙대로만 움직여왔다. 그리고 그 원칙은 스스로의 욕망이 아니라 죽은 자들, 어쩌면 자신이 죽인 것인지도 모르는 자들이 바라던 것이었다.

아니, 정확히는 사다모토 아키라가 그들이 바란다고 생각한 것이다. 죽은 자가 무엇을 바라는지 산 자는 알 수 없다. 그저 멋대로 짐작할 뿐.

딸은 그림을 그리는 아버지를 좋아했다. 아버지가 그린 그림이 사람들에게 칭찬받는 것을 자기 일처럼 기뻐했다.

그렇기에 사다모토 아키라는 은퇴한 만화가 신분으로 그림 방송을 계속하며 사람들의 관심을 받아왔다.

아내는 한때 만화가였다. 그와 같은 작가 사무실에서 어시스턴트로 일하다가 한발 앞서 데뷔했지만, 데뷔작이 당시 민감한 사회적 이슈와 관련되었다는 이유로 강제로 연재를 중단당했다. 권력의 폭압으로 꿈이 꺾인 것은 물론이고, 작품을 읽어본 적도 없을 권력의 추종자들에게 파렴치하다면서 음습한 괴롭힘까지 당했다. 그리고 만화가의 꿈을 접고 말았다.

그렇기에 사다모토 아키라는 모든 문화에 대한 탄압에 유혈로 보복하며 일본 열도를 공포로 물들였다.

게이트 재해로부터 일본을 지킨 것은 결국 그 일들을 계속하기 위해서였다. 자신의 죄책감의 원동력이 된, 너무나 개인적인 동기를 표출하기 위해서는 일본 사회가 지속되어야 했으니까.

사다모토 아키라는 그렇게 믿어왔다. 그랬는데…….

"그것만은 아니었군. 하하하."

그는 스스로가 우습다는 듯 웃었다.

서용우의 내면을 보니 지금까지 몰랐던 스스로의 마음을 알 수 있었다.

"나는 세상에 미안해하고 있었나."

자신의 죄책감은 오로지 죽은 아내와 딸에게만 향해 있다고 생각했다. 하지만 상처가 너무 강렬해서 깨닫지 못했을 뿐, 그 역시 자신이 세상을 이렇게 만들었을지도 모른다는 공포를 품고 있었다.

아내와 딸을 지켜주지 못해 미안했다. 그리고 그들이 살아가던 세상을 지켜주지 못한 것도 미안했다.

"제로, 나도 속죄를 원하지 않았다."

누군가에게 용서받고 싶어서 싸워온 것이 아니다. 자신이 저지른 수많은 죄가 사라지길 바랐던 적은 한 번도 없었다.

그럼에도 그를 움직이는 원동력은 죄책감이었다. 아무런 보상 없이 이 세상을 지켜야겠다는 마음이 있었던 것이다.

"하지만 우리가 속죄를 바라지 않는 이유는 서로 다르군. 너는 나와는 달라."

"……"

용우는 아무 말도 하지 않았다. 이미 두 사람은 서로의 내면 깊숙한 곳을 들여다보았다.

사다모토 아키라는 용우의 마음속에도 죄책감이 자리하고 있다는 사실을 알았다.

"나는 후회했지. 끝없이 후회하는 삶이었다."

사다모토 아키라는 용우는 그렇지 않다는 사실을 알았다.

용우의 마음속에 후회는 없다.

어비스에서 해온 일들은 어쩔 수 없는 일이었다. 지금 다시 과거로 돌아간다 하더라도 똑같이 행동할 것이다. 아니, 어쩌면 더 철저하게.

속죄하고 싶은 마음 따위는 없다. 누구도 그를 용서할 수 없다. 용서받아야 할 존재도 없다.

그럼에도 살기 위해 저지른 행위들은 상처가 되었다. 지워지지 않는 죄책감으로 자리 잡았다.

어쩌면 그래서일지도 모르겠다. 용우가 변해가는 것은.

지금의 용우는 단순히 복수만을 추구하는 존재가 아니었다. 용우 자신도 그 변화를 실감하고 있었다.

"후회만 하다가 망가진 나보다는… 앞날을 생각할 수 있는 네가 낫겠지."

사다모토 아키라는 그렇게 말하며 용우 앞에서 한 가지 조치를 취했다.

용우는 이 순간 자신이 새벽의 해머의 2순위 계승자가 되었음을 알고 눈을 가늘게 떴다.

"한 가지 부탁을 해도 되겠나?"

사다모토 아키라는 후련한 표정으로 용우를 바라보며 물었다. 용우는 그의 부탁을 듣기도 전에 알 수 있을 것 같았다. 그래서 그가 말하기 전에 선수 쳐서 물었다.

"프리앙카도 그렇고 너도 그렇고… 왜 그렇게 죽고 싶어서 안달이 난 거지?"

"그녀도 네게 죽여 달라고 했나 보군. 아마 이유는 비슷할 거야. 이젠 더 이상 살아야 할 이유가 없으니까. 살아 있는 게 더 힘들어. 그리고 내가 죽어야 일이 진행되기도 할 것이고."

"죽어야 할 이유?"

"제1순위 계승 후보는 스스로를 루가루라고 칭하는 놈이다. 너희들과는 이미 접촉했다고 들었는데."

"역시 놈은 너와 같이 있었군."

이미 예상하고 있는 사실이었기에 용우는 놀라지 않았다.

어느 순간부터 사다모토 아키라는 용우와 동료들과의 접촉을 철저하게 피해왔다. 구세록의 정보 공간에도 모습을 드러내지 않았을 정도였다.

그리고 루가루는 일본인 소년, 타카야마 준이치의 몸을 차지한 존재였다. 둘 사이에 접점이 없었다면 그 편이 더 의외였을 것이다.

용우가 자신이 알고 있는 정보를 대충 이야기해 주자 사다모토 아키라가 말했다.

"거기까지 알고 있다니 이야기가 빠르겠군. 루가루와 그 몸의 주인인 타카야마 준이치는 계약을 맺었다."

"계약?"

"루가루는 타카야마 준이치의 몸을 무작정 강탈한 게 아니야. 타카야마 준이치의 소원을 들어주는 대가로 그 몸을 받기로 했지."

그리고 타카야마 준이치가 바란 소원은, 루가루가 아버지의 원수인 사다모토 아키라를 죽여서 복수해 주는 것이었다.

"그럼에도 루가루는 나를 곧바로 죽이지 않았지."

"어째서지?"

"놈의 말로는 구세록의 계약자에게 기다리는 운명을 동정해서, 그리고 지금까지 인류를 위해 싸워온 내게 경의를 표해서라고 하더군. 죽기 전에 하고 싶은 일이 있으면 해두라고, 그 때까지 기다려 주겠다고 했지."

순간 용우는 실소하고 말았다. 그런 개소리를 늘어놓았단 말인가?

"설마 그 말을 믿었나?"

"물론 안 믿었다. 나는 놈에게 나를 살려둬야 할 이유가 있다고 생각했다. 그리고 그 이유는 아마도 방패막이였겠지."

루가루는 사다모토 아키라를 즉시 죽이지 않는 대가로 자신을 새벽의 해머 제1순위 계승 후보로 설정할 것을 요구했다.

"나를 죽여봤자 새벽의 해머를 손에 넣을 수 있는 건 아니니까, 어떻게든 손에 넣고자 그런 방법을 썼겠지. 하지만 나를 죽여서 새벽의 해머를 계승해 버리면 그때는 다른 구세록의 계약자들을 통해서 노출될 위험이 있었던 게 아닐까?"

사다모토 아키라는 루가루가 지금까지 자신을 살려둔 이유를 그렇게 추측했다.

"그럴싸하군. 그럼 네가 죽으려는 이유는? 타카야마 준이치에게 죄책감이라도 느끼나? 루가루의 손에 죽지 않으면 계약이 완료되지 않고, 그럼 타카야마 준이치가 몸을 돌려받을 수도 있을 테니까?"

"어느 정도는 그런 마음도 있지."

사다모토 아키라는 루가루가 말한 정보를 의심했다. 타카야마 준이치와 그런 계약을 맺었는지부터가 의문이다. 그리고 설령 계약을 맺은 게 사실이라고 해도 그 계약에 구속력이 있기는 할까?

"그래도 실험해 볼 가치는 있지 않겠나?"

어쩌면 타카야마 준이치를 구할 수 있을지도 모른다. 그런 가능성을 시험하는 것은 의미가 있으리라.

'과연 그게 타카야마 준이치를 위한 일인지는 모르겠지만.'

용우는 굳이 그런 생각을 말하지는 않았다.

"알겠다. 하지만 순서를 좀 바꿔야겠어."

"순서를 바꾼다니?"

"놈의 눈앞에서 죽여주지. 그게 확실하지 않겠나?"

사다모토 아키라가 놀라서 눈을 크게 떴다. 하지만 곧 그는 납득했다는 듯 고개를 끄덕였다.

"확실히… 내가 눈이 닿지 않는 곳에서 죽는다면, 죽지 않고 그냥 새벽의 해머를 넘겼다고 의심할 수도 있겠군."

확실히 사다모토 아키라는 미쳐 있었다. 그러지 않고서야 이런 반응이 나오겠는가?

용우는 그런 그의 광기를 담담하게 받아들이며 물었다.

"그리고 말인데, 놈이 말한 구세록의 계약자에게 기다리는 운명이라는 건 뭐지?"

"나도 모른다."

"……"

"도움이 못 되어서 미안하지만 나는 딱히 놈에게 정보를 캐내려고 노력하지 않았다. 놈이 알아서 떠벌린 것밖에는 아는 바가 없군. 구세록의 계약자의 말로는 그저 죽는 것으로 끝나지 않는다. 뭔가 더 끔찍한 일이 기다리고 있다……. 그 정도만 짐작할 수 있을 뿐."

사다모토 아키라는 루가루를 좋게 보지 않는다. 하지만 적극적으로 그를 적대해서 쓰러뜨리겠다는 의지는 없었다.

용우는 눈살을 찌푸리며 물었다.

"그럼 왜 굳이 놈의 뒤통수를 치려는 거지?"

"네 마음을 알고 싶었으니까. 그리고 멀쩡한 사람 몸을 빼앗아서 음모를 꾸미는 놈보다 네 쪽이 낫다고 생각했기 때문이다."

"그거 참… 확실히 그렇기는 하지."

용우는 쓴웃음을 지을 수밖에 없었다.

4

루가루는 한곳에 머무르지 않는다.

종종 사다모토 아키라의 맨션에 나타나지만, 그곳에 머무르는 시간도 짧다. 그는 기본적으로 신출귀몰한 존재였다.

그런 루가루는 요 며칠간은 아예 사다모토 아키라 앞에 나타나지 않고 있었다.

팀 섀도우리스가 꿈에서 작전을 수행한 이후부터였다. 그때 받은 충격으로 정보 수집에 전념하느라 사다모토 아키라 앞은 물론이고 아예 지구에 모습을 드러내지 않았던 것이다.

'모르겠군.'

그가 모습을 감추는 방식은 이비연이 추측한 대로였다.

몽계유영(夢界遊泳).

안류의 꿈이 공유하는 영역, 꿈의 세계에 들어갈 수 있었던 것이다.

'대체 어떻게 그런 일이 가능한 거지?'

꿈의 세계에서 원하는 정보를 찾는 것에는 여러 가지 제약이 존재한다.

일단 대상을 명확히 인식하고 있어야 하고, 그 대상이 꿈을 통해 정보를 발신해야 한다. 만약 대상이 꿈을 통제할 수 있는 능력을 지녔다면 그 꿈을 엿보려는 시도가 위험할 수도 있다.

그렇기에 루가루는 신중하게 움직였다.

끝을 알 수 없는 힘을 보여주는 서용우, 그리고 이비연과 몽상가인 리사의 의식에는 절대로 직접 접촉하지 않도록 주의했다.

그래도 정보를 얻을 수는 있었다. 다만 꿈의 세계를 이용한 정보 수집은 그렇게 효율이 좋지는 않다. 차준혁의 경우는 워낙 다니엘 윤에 대한 꿈을 악몽으로 꾸는 일이 많아서 내면을 읽어내기 쉬웠을 뿐이다.

그렇지 않은 경우에는 불특정 다수로부터 꿈의 형태로 발산된, 파편화한 정보를 주워 모아서 쓸모 있는 것을 거르고 거른 다음 짜 맞추는 작업이 필요하다. 이것은 정신이 아득해지는 작업이었고, 루가루에게는 이 일을 도와줄 인력도 없어서 모든 것을 혼자 해내야 했다.

차준혁 앞에서는 그의 마음을 꿰뚫어 보며 모든 것을 다 파악하고 있는 척했지만 그것은 그를 흔들기 위한 허세였다.

'타락체를 원래대로 되돌린 것도 그렇고… 군주들을 네 명이나 잡다니.'

루가루는 며칠 동안 꿈의 세계를 유영하며 정보를 수집한 끝에 꿈에서 일어난 일의 전체상을 알아낼 수 있었다.

팀 섀도우리스가 새벽의 두라크와 굉음의 소우바, 두 군주를 추가로 잡았다.

'어비스에서 생존자가 나온다는 건, 이렇게나 위험한 일이었나?'

종말의 군단과 달리 루가루는 서용우의 정체를 알고 있었다.

구세록의 시나리오대로라면 결코 존재할 수 없었던 이레귤러.

지구 인류보다 훨씬 강대하고 마력을 상식으로 여겼던 제1세계, 제2세계의 어비스에서도 그런 존재는 나오지 않았다.

군단의 제한적인 개입으로 인해서 몇몇 제물들이 타락체가 되어 빠져나갔고, 그것은 어비스의 목적을 생각하면 큰 손실이었다.

하지만 그것을 위해 어비스에 진입했다가 죽은 군단의 전력이 그 손실을 메꿔주었다. 어비스에서 죽는 순간 그들도 어비스의 목적을 완성하기 위한 영적 자원으로 전락하기 때문이다.

어쨌든 타락체가 되어 군단의 일원으로 편입되는 것 말고 어비스에서 산 채로 나갈 방법은 없었다.

적어도 이 전쟁의 설계자들은 그렇게 믿고 있었다.

'영적 에너지의 수급량이 떨어지는 것만 걱정했지 설마 판을 뒤집어엎는 존재가 나올 줄은……'

그것은 루가루의 배후에 있는 자들도 상상 못 한 일이었다.

루가루가 조금이라도 더 많은 정보를 모으기 위해 작업을 계속하고 있을 때였다.

파지지직……!

일순간 그의 마력이 통제에서 벗어나며 격렬하게 날뛰기 시작했다.

"뭐야?"

순간 루가루는 깜짝 놀랐다. 있을 수 없는 일이었기 때문이다.

"큭……!"

꿈의 세계를 유영할 때 그는 영체화된 상태가 된다. 영체화 상태에서 마력이 폭주하는 것은 곧 죽음의 위험으로 직결되었다.

그는 긴급히 물질세계로 탈출했다.

우당탕!

황급히 탈출하느라 좌표를 확인할 겨를도 없었다. 그가 있던 꿈의 세계와 겹쳐 있던 장소는 오사카의 대형 서점이었다.

보기 좋게 정렬되어 있던 매대가 쓰러지면서 주변에 있던 사람들이 비명을 질렀다. 그리고 사태는 거기에서 그치지 않았다.

파지지지직!

루가루의 마력이 날뛰면서 허공장이 확장, 책들을 찢어발겼다. 순식간에 서점 안이 폭격이라도 맞은 것처럼 엉망진창이 되고 거기에 휘말린 사람들이 비명을 질렀다.

"이런……."

루가루는 자신이 저지른 일에 화들짝 놀라서 도망쳤다.

텔레포트로 그 자리를 벗어난 그는 인적이 전혀 없는 산속에 와 있었다.

"제기랄. 어떻게 된 거지?"

곧 그는 자신의 마력이 폭주한 원인을 파악했다.

'사다모토 아키라가 죽은 건가? 설마 제로 그자가?'

사다모토 아키라가 보유하고 있었던 새벽의 해머가 1순위 계승 후보였던 그에게 계승되었기 때문이다.

곧 마력을 안정시킨 그는 새벽의 해머를 쥐고 상태를 살펴보았다.

"역시……."

그리고 현시점의 1순위 계승 후보로 설정된 인물이 서용우인 것을 보고는 입술을 깨물었다.

'혹시나 했는데 역시나였군. 젠장. 이러면 행동이 더 제한되는데……'

루가루가 사다모토 아키라를 지금까지 살려둔 이유는 서용우의 능력이 어디까지인지 파악하질 못했기 때문이다.

사다모토 아키라가 그를 피해 다니는데도 추적해서 잡을 수 있을까? 만약 서용우에게 그런 추적 능력이 있다면 새벽의 해머를 빼앗는 것은 조금이라도 뒤로 미루는 편이 나았다.

그리고 루가루의 우려는 현실이 되었다. 하필 자신이 몽계 유영으로 정보를 수집하는 데 전념하는 동안 이런 사태가 벌어지다니……

'시간이 지나면 지날수록 놈의 위험성이 커진다. 이렇게 되면 오히려 함정을 파고 한 번에 사로잡는 게 나을지도 모르겠는데.'

루가루의 전투 능력은 어지간한 타락체를 훨씬 능가한다. 거기에 새벽의 해머까지 계승한 지금은 서용우와 일대일로 겨뤄도 확실하게 승리할 자신이 있었다.

문제는 서용우 하나는 감당할 수 있어도 팀 섀도우리스 전원을 감당할 자신은 없다는 것이다.

"골치 아프군. 일단은 관망하는 수밖에 없나?"

루가루가 투덜거릴 때였다.

그의 코트 주머니에 있는 휴대폰이 격하게 진동했다.

"음?"

꿈의 세계에 있을 때는 전혀 쓸 수 없는 물건이다. 그리고 사실 그의 명의도 아니고, 인터넷을 검색하거나 게임할 때 말고는 쓸 일도 없었다.

하지만 며칠 만에 꿈의 세계에서 현실로 돌아오자, 부재중 전화 알림이 주르륵 떴다. 그가 번호를 알려준 두 사람 중에 하나가 연락을 해온 것이다.

"해결됐군."

루가루는 미소를 지었다.

\*　　　　\*　　　　\*

인적이 드문 곳은 흔해 빠졌다. 하지만 진정한 의미에서 보는 눈이 없는 곳은 드물었다. 인류가 구축한 시스템은 문명이 파괴된 곳에도 구석구석까지 미치고 있기 때문이다.

그렇기에 차준혁은 인류의 관측 기술이 미치지 않는 곳, 소멸한 게이트 내부 필드에 와 있었다. 지금 만나기로 한 누군가가 알려준 좌표를 따라와 보니 이곳이었다.

이윽고 상대가 나타났다.

코트의 후드 아래로 어둠이 가면처럼 얼굴을 가리고 있는 자, 정체불명의 몽상가 루가루다.

"보안은 괜찮은 건가?"

그를 본 차준혁이 물었다.

구세록의 계약자들은 게이트 내부를 관측할 수 있다. 애비게일 카르타와 브리짓 카르타가 이곳을 발견할 가능성도 있지 않겠는가?

"걱정할 필요 없어. 살펴볼 수 있는 리스트에서 감춰놨으니까."

"그런 것도 가능한가?"

"간단한 일이지."

"……."

차준혁이 그를 가만히 노려보았다.

구세록의 계약자인 그 입장에서는 루가루의 말을 아무렇지도 않게 넘길 수가 없다. 지금까지 의존해 온 관측 능력이 누군가에 의해 조작되고 있었단 뜻 아닌가?

루가루가 물었다.

"마음은 정했나?"

"네 말이 진실이라는 보장은?"

"지금부터 조금씩 믿음을 쌓아가면 되지 않을까? 난 네게 많은 걸 줄 수 있어. 사실 네가 구세록의 계약자로서 활용할 수 있는 권능들은 지금보다 훨씬 많지. 그걸 하나하나 풀어주겠어. 넌 다른 구세록의 계약자와는 차별화된, 특별한 권한을 얻어서 구세록의 퀘스트를 받을 수 있을 거야."

"퀘스트?"

게임 용어로밖에 안 들리는 말에 차준혁이 눈살을 찌푸

렸다.

"편의상 그렇게 지칭한 건데 이해하기 쉽지 않나? 구세록이 네게 공적을 요구할 거야. 설마 죽은 자를 소생시키는 소원인데 공짜로 이룰 수 있다고 생각한 건 아니겠지?"

차준혁은 잠시 동안 루가루를 빤히 노려보았다. 하지만 루가루는 어둠으로 얼굴을 가리고 있어서 표정을 알아볼 수가 없다.

결국 아쉬운 쪽은 차준혁이다. 그가 물었다.

"공적을 쌓으면 내 소원을 이룰 수 있다는 건가?"

"그것만이 아니지. 구세록의 계약자에게 기다리고 있는 운명, 그 힘의 대가를 청산하고 영광을 누릴 수 있을 거야."

"적어도 그것만큼은 지금 들어야겠어. 그 운명이란 뭐지?"

"하긴 그 정도는 알려주는 게 예의겠군."

루가루가 키득거리며 웃었다.

"혹시 알고 있나? 군단 놈들은 구세록의 계약자를 '기둥의 제물'이라고 부르지."

"알고 있다. 우리도 그 뜻을 궁금해하고 있었지."

"기둥의 뜻은 알고 있겠지. 하지만 왜 기둥을 사용하는 자가 '제물'이라고 불릴까?"

"빙빙 돌리지 말고 요점을 말해."

"아, 미안하군. 그건 그들이 제물로 바쳐지는 존재이기 때문이야. 기둥을 중심으로 한, 군단으로부터 세계를 지키는 방벽을 유지하기 위해서 말이지. 일종의 인신공양이지."

차준혁의 표정이 얼어붙었다. 루가루는 그런 반응을 즐기듯이 설명을 계속했다.

"세상에는 공짜가 없지. 지구 인류에게 군단에 저항할 힘이 주어진 것도 그만한 대가가 치러졌기에 가능했던 거야. 어비스라는 대가가 말이지."

24만 명을 제물로 삼아서 완성된 의식이 인류에게는 각성자라는 힘을 부여했고, 군단에는 행동의 제약을 강제했다.

"각성자 튜토리얼도 마찬가지야. 각성자 튜토리얼로 소환된 후보자 중 사망자는 생존자들에게 힘을 부여하기 위한 제물이 되지. 영적 자원은 오로지 생명체를 통해서만 얻을 수 있거든. 그래서 군단은 굳이 게이트 재해를 통해서 인류의 영혼을 수집하고 있는 거야."

충격적인 사실이었다. 각성자들이 얻는 힘은 결국 인신공양의 대가라는 소리 아닌가?

차준혁이 물었다.

"그 힘은 마력과는 다른 건가?"

"다르지. 영혼은 마력을 생산하는 근본 같은 거야. 생명체의 정신적 활동을 통해서 발생한 정보를 바탕으로 형성되지. 그래서 인간의 영혼은 지능이 낮은 동물들과는 비교도 안 될 정도로 가치가 높아. 굳이 수치화한다면 최소한 10만 배 이상. 그리고 보편적이지 않은 체험으로 인한 정보가 누적된 영혼은 더더욱 가치가 높지."

여기서 말하는 보편성은 일반적인 기준이 아니었다.

"일반적으로는 인간이 인식할 수 없는 영역에 대한 체험이지. 사후세계처럼 인간의 인지 영역을 넘어선 영역에 정신이 도달했을 때……."

"마력을 쓰는 각성자의 영혼이 가치가 높은 것도 그런 맥락인가?"

"이해가 빨라서 좋군. 그래. 그리고 구세록의 계약자의 영혼은 그런 의미에서 일반적인 각성자보다도 월등히 가치가 높지. 그리고 '빙의'를 쓸수록 그 가치는 더더욱 높아지고."

"빙의할수록 가치가 높아진다? 왜지?"

그냥 지나칠 수 없는 말이었다.

왜냐하면 다니엘 윤은 그에게 정말 어쩔 수 없는 상황이 아니면 빙의라는 수단을 쓰지 말라는 유언을 남겼으니까.

다니엘 윤은 빙의할 때마다 그 대가로 정신이 오염되는 것을 견뎌내는 것과는 별개로, 마치 저주에 사로잡히는 것 같은 불길함을 느꼈다고 말했다.

루가루가 말했다.

"빙의해 봤으니까 그게 단순히 시체를 자기 몸처럼 쓰는 것에 그치지 않는다는 건 알겠지."

"물론 알고 있다."

"빙의는 영적 자원을 발생시키는 방법이야. 구세록의 계약자에게 빙의당한 각성자의 영혼이, 구세록의 계약자의 영혼에 오염당하면서 구세록에 바쳐지는 제물이 되지. 너희들이 죽음의 리스크를 피하면서 본체와 다름없는 힘을 휘둘러대는 대가야."

"……."

차준혁의 안색이 창백해졌다.

그 말대로라면 구세록의 계약자들은 아무것도 모르는 채로 인신공양을 하고 있었다는 소리가 아닌가?

"그게… 우리가 모르는 구세록과의 계약 내용이었나?"

그렇게 묻는 차준혁의 목소리가 떨렸다. 루가루는 즐거워하는 듯한 목소리로 대답했다.

"계약 내용의 일부지. 그리고 그런 일을 반복할 때마다 구세록의 계약자의 영혼이 갖는 가치는 큰 폭으로 올라가."

"제물로 바쳐진다는 건 어떤 의미지?"

"죽음이 끝이 아니라 시작이 된다는 거지. 지구 인류가 상상한 사후세계와 비슷해. 살면서 겪은 '특별한 체험'을 영원히 반복하면서 영적 자원을 토해내지. 그 영혼이 완전히 말라비틀어져서 소멸할 때까지 계속."

"……."

한마디로 지옥에 떨어진다는 소리 아닌가?

할 말을 잃은 차준혁에게 루가루가 말했다.

"어때? 이런 운명을 피할 기회를 주겠다는 거야. 물론 이런 운명에 떨어져서 고통받고 있는 네 은인을 구원할 기회도 함께."

"네 정체는 뭐지?"

"구세록의 사도. 지금은 그렇게만 알아두면 돼. 더 이상의 정보는 서로 좀 더 신뢰를 쌓은 후에 하자고. 일단은 네 각오를 증명해야겠지. 네가 우리 쪽에 선다는 것을 확실히 보여 줘."

루가루는 차준혁의 어깨에 손을 짚으며 말했다. 그를 노려보던 차준혁은 체념한 듯 한숨을 쉬며 물었다.

"내가 뭘 하면 되는 거냐?"

"제로를 붙잡고 싶으니까 협력해."

"서용우를? 왜지?"

"그는 이레귤러니까. 본래대로라면 살아 있어서는 안 되는 인간이야. 가장 가치 있는 제물이 죽음을 거부함으로써 인류는 더 큰 위험에 처하게 되었지. 이제라도 바로잡아야 해."

"…그렇군."

차준혁이 자신의 어깨를 짚은 루가루의 왼손을 잡았다.

"알겠다."

"잘 생각했어."

루가루가 고개를 끄덕일 때였다.


"역시 넌 믿을 만한 놈이 아니야."

차준혁의 싸늘한 말이 루가루의 귀를 파고들었다.

―접촉파괴!

스펠이 발동하면서 루가루의 왼손이 터져 나갔다.

"무, 무슨?"

루가루가 놀라는 순간, 차준혁의 발차기가 그의 몸통에 꽂혔다. 폭음이 울리며 튕겨 나간 루가루가 땅에 처박혔다.

"하! 주제도 모르는 놈이!"

루가루는 블링크로 공간을 뛰어넘으면서 자세를 바로잡았다.

"죽어서도 이 선택을 후회할 거다."

격노한 루가루의 목소리에 짐승이 으르렁거리는 것 같은 울림이 섞였다.

카르릉! 카릉!

늑대의 울음소리가 울려 퍼지며 루가루의 옷이 찢겨 나갔다. 타카야마 준이치라는 소년의 몸이 두 배 이상 부풀어 오르면서 눈동자가 푸른 하얀 털의 늑대인간으로 변신한다.

뿐만 아니다. 흑색의 건틀렛이 나타나서 루가루의 오른손을 감싸고, 영롱한 빛을 발하는 새벽의 해머가 그 손에 쥐어졌다.

쿠구구구구구……

강대한 마력이 전개되면서 주변이 뒤흔들렸다.

그동안 차준혁 역시 광휘의 검을 소환하고 변신을 완료했다. 하지만 루가루의 마력이 그의 마력을 압도하고 있었다.

"여기가 네 무덤이다."

차준혁은 퇴로가 차단되었다는 사실을 알아차렸다.

루가루는 주변에 결계를 쳐두고 있었다. 텔레포트도, 바깥으로의 텔레파시도 봉쇄당했다. 구세록의 정보 공간으로 들어가는 것도 차단당한 상태다.

〈나는 시스템의 유저, 네놈은 관리자쯤 되겠지.〉

"그걸 알면서도 날 배신할 생각을 했나?"

〈배신한 건 내가 아니라 너다.〉

"뭐?"

〈네놈을 믿고 싶은 마음이 있었지. 그런데 믿기에는 너무 허접했어. 지금 이 순간까지도 그걸 거듭 확인하게 되는군.〉

차준혁이 고개를 절레절레 저을 때였다.

파아아아아!

사방에서 빛이 솟구쳤다.

"결계?"

루가루가 경악했다. 그가 펼친 결계 위를 감싸듯이 대규모 결계가 구축되는 게 아닌가?

"상상력이 부족한 놈이군."

그리고 루가루의 뒤쪽에서 비웃음이 들려왔다. 루가루가 놀라서 뒤를 돌아보는 순간······.

쾅!

강렬한 충격이 그를 쳐서 지상에 처박았다.

그리고 그를 공격한 자, 서용우가 그 앞에 내려서며 웃었다.

"상상력이 조금이라도 있었으면 차준혁이 네 제안을 거절한 시점에서 도망쳤어야지."

루가루는 식은땀을 흘렸다.

나타난 것은 서용우만이 아니었다. 이비연, 리사, 유현애, 이미나, 휴고, 브리짓까지 팀 섀도우리스 전원이 그를 포위하고 있었다.

"수작을 부린 대가를 치를 시간이다, 사기꾼."

Chapter50

# 내려다보는 자

1

싸늘한 정적이 흘렀다.

늘대인간의 모습을 한 루가루는 등골이 서늘해지는 것을 느끼며 주변을 살폈다.

'완전히 당했다.'

루가루는 자신이 적을 너무 얕봤음을 깨달았다.

차준혁은 여기 오기 전부터 루가루의 제안을 거절할 생각이었다.

동료들에게 루가루의 제안을 말하고, 루가루를 함정에 빠뜨릴 준비를 하고 있었던 것이다.

'하지만 어떻게 이런 일이 가능한 거지?'

그 과정을 짐작했는데도 납득이 가지 않는다.

루가루가 바보라서 도망치는 대신 차준혁을 끝장내겠다고 한 게 아니다. 그럴 만한 근거가 있었다.

이곳의 공간좌표는 구세록의 히든 채널에 공유하고 곧바로 텔레포트시켰다. 혹시라도 타인에게 누설할 수 없도록.

그리고 이곳에 온 순간부터는 결계로 인해서 외부로 공간 이동해서 빠져나가는 것도, 텔레파시로 연락을 하는 것도 불가능했다.

그런데 어떻게 팀 섀도우리스 전원이 여기에 온 것일까?

그때 차준혁이 말했다.

〈네놈은 너무 쉽게 바닥을 보였지. 상품이 결함투성이가 아닐까 의심하게 만들면서 사주길 바란다니 너무 양심이 없지 않나?〉

이야기 속에서 인간이 소원을 위해 악마에게 영혼을 파는 이유는, 악마가 그 소원을 들어줄 능력이 있음을 믿기 때문이다.

하지만 루가루는 어떤가?

그는 서용우가 예상 밖의 행동을 하자 곧바로 한계를 드러냈다. 서용우가 할 수 있는 일이 루가루에게는 말도 안 되는 일이었던 것이다. 그런데 그런 놈을 믿고 운명을 내던지는 도박에 나설 수 있겠는가?

루가루가 으르렁거렸다.

"그런 이유로 구원의 기회를 걷어차 버린 거냐?"

〈물론 아니다.〉

"뭐?"

〈어디까지나 잠깐 흔들린 마음을 바로잡는 계기가 되어줬을 뿐이지. 설령 네가 말한 것들이 진실이라 해도 나는 네 손을 잡지 않을 거다.〉

"어째서냐? 은인을 구하고 싶지 않은 건가?"

〈죽은 자가 뭘 바란다고 생각하나?〉

질문을 던진 차준혁은, 루가루의 대답을 기다리지 않고 말을 이었다.

〈산 자는 그 답을 알 수가 없지. 그저 멋대로 추측하고 상상할 뿐.〉

그리고 그렇게 얻은 답은 진실이 아니라 산 자의 욕망이 빚어낸 허상일 뿐이다.

〈내 망상으로 그분의 유지를 왜곡시키고 싶지 않다. 그리고 무엇보다 네놈은 지금 스스로 고백하지 않았나?〉

"뭘 말이지?"

〈선생님이 고통받은 원흉이 바로 네놈들이라는걸!〉

차준혁의 분노가 끓어올랐다.

쾅!

광휘의 검이 루가루를 후려갈겼다.

루가루는 오른손을 감싼 흑색의 건틀릿으로 공격을 받아내면서 뒤로 몸을 날렸다. 차준혁이 지체 없이 추격해 들어왔지만 그 순간 새벽의 해머에 내재된 권능이 발동한다.

─아지랑이 들판!

순간 차준혁이 돌입한 공간이 죽 늘어나면서 루가루와의 거리가 벌려졌다.

루가루는 그대로 몸을 날려서 유현애가 있는 방향을 뚫으려고 했다.

쫘광!

그러나 유현애에게 도달하기 전, 그 앞에 이비연이 나타났다.

단발머리를 휘날리는 그녀가 루가루를 쳐서 땅에 처박는다.

"커억……!"

순간적으로 무슨 일이 일어난 건지 이해할 수가 없었다.

루가루는 스스로의 격투 능력에 자부심이 있었다. 그런데도 이비연과 충돌하는 순간, 그녀의 움직임에 현혹당해서 정타를 허용해 버렸다.

콰직!

이비연의 공격은 거기서 그치지 않는다. 루가루가 태세를 바로잡기 전에 추가타를 넣는다.

파지지지직!

그리고 허공장이 충돌하며 격렬한 스파크가 튀었다. 공간이 뒤흔들리는 가운데 이비연이 단발머리를 휘날리며 웃는다.

"버러지가, 감히……!"

루가루는 연타로 두들겨 맞으면서도 반격할 준비를 하고 있었다. 그의 푸른 눈동자가 섬뜩한 빛을 발하면서 마력이 폭발적으로 상승했다.

"헛소리하는 레퍼토리가 군단 놈들하고 똑같네? 혹시 한패인 거 아냐?"

놀라운 일이 벌어졌다.

마치 루가루가 그러기를 기다렸다는 듯 이비연의 마력도 폭등하는 게 아닌가?

그녀의 손에 들린 칠흑의 장검, 굉음의 도끼가 불러일으키는 효과였다.

"숨기고 있는 힘이 어느 정도일까 해서 기회를 준 건데… 별거 아니네?"

이비연은 그 마력만으로도 루가루를 찍어 누를 수 있었다.

"이대로 짜부라뜨려 줄까? 살고 싶으면 좀 더 힘을 내봐."

잔혹한 조롱의 말을 던진 이비연은 천진한 미소를 짓고 있었다.

―허공장 공명파!

허공장 잠식이 가속화되면서 그 반동이 루가루를 덮치고 있었다.

"크, 어억……!"

루가루가 신음했다.

루가루는 어떻게든 찍어 눌러지는 상황에서 벗어나고 싶었지만 그럴 수가 없다. 이비연은 허공장을 잠식하는 것만으로는 만족하지 않고 특수한 기술을 사용해서 그에게 반동을 전달하고 있었기 때문이다.

이비연은 어비스의 각성자 중에서도 최고의 테크니컬 파이터이며 최강의 결계술사로 불리던 인물이다. 그녀 입장에서 보면 이 상황은 격투기에서 그라운드 기술의 달인이 압도적으로 유리한 포지션을 잡고 상대를 농락하는 것이나 다름없었다.

"이이이이익······!"

루가루는 이대로라면 정말로 압사당할지도 모른다는 공포를 느꼈다.

'어쩔 수 없군.'

그에게는 아직 히든카드가 남아 있었다.

허공에서 갑옷 파편들이 나타나 그를 감싸기 시작한다. 이제야 성좌의 힘을 몸으로 받아들여서 변신하는 것이다.

"고작 이거였어?"

그것을 본 이비연이 심드렁하게 말하며 손을 쓰려는 순간이었다.

"비연아, 놔줘봐."

구경만 하던 용우가 한마디 했다.

그 말에 이비연은 어깨를 으쓱하고는 아예 몸을 뒤로 뺐다.

〈오만방자한 것들! 내가 다 잡은 고기로 보이나 보구나.〉

백은과 황금의 화려한 갑옷이 루가루를 감쌌다. 그의 마력이 조금 전과 비교해도 한층 더 상승한다.

'부족해.'

루가루는 이 정도로는 이 상황을 타개할 수 없음을 인정했다. 용우나 이비연 둘 중 하나와 일대일로 싸운다면 승산이 있지만, 저들 모두와 대적하는 건 무리였다.

〈성좌의 무기, 새벽의 해머의 개체별 제한 해제를 요청한다.〉

루가루는 구세록의 히든 채널로 텔레파시를 날렸다.

〈승인한다.〉

잠시 후, 짤막한 대답이 날아왔다.

〈하하하하하!〉

루가루가 웃음을 터뜨렸다.

영롱한 빛을 발하던 새벽의 해머가 빛으로 이루어진 실루엣으로 화하면서, 한층 더 강대한 마력을 쏟아냈다.

성좌의 힘으로 변신한 시점에서, 그는 굉음의 도끼와 소우바 코어를 쓰는 이비연과 대등한 마력을 갖고 있었다. 그런데 거기서 더더욱 마력이 상승하는 게 아닌가?

〈이거 위험한 거 아니에요?〉

〈진짜 그냥 두고 봐도 되는 거야?〉

유현애와 휴고가 위기감을 느끼며 물었다. 루가루에게서 뿜어져 나오는 마력에 숨이 막힐 지경이었기 때문이다.

하지만 용우와 이비연은 태연했다.

"오빠 예상이 맞았는데?"

"뭐가?"

"성좌의 무기 말이야. 개체별로 공급되는 힘에 제한이 걸려 있었고, 그걸 풀 수 있는 모양이야."

"아, 역시 그랬나?"

용우는 일찌감치 성좌의 무기에 잠재된 힘이 어마어마함에도 한 사람이 끌어낼 수 있는 힘이 제한적임을 알고 있었다.

물론 그걸 알아차린 것은 용우만이 아니다. 허우룽카이도 그 한계를 극복하기 위해서 팔라딘과 셀레스티얼을 이용하지 않았던가?

루가루가 흠칫 놀랐다.

〈어떻게 그걸 알았지?〉

"글쎄?"

이비연이 그를 놀리듯이 웃었다.

용우에게 악의를 통찰하는 능력이 있는 것처럼, 이비연에게도 특수한 능력이 있다. 그건 바로 텔레파시를 도청할 수 있는 능력이었다.

그 어떤 채널로 이루어지건 텔레파시라는 수단으로 이루어지면 절대로 그녀의 능력을 피하지 못한다.

과거 타이베이 게이트 브레이크 당시, 용우가 브리깃과의 텔레파시가 도청당해도 놀라지 않았던 것은 그래서였다.

'역시 이놈들도 딱히 엄청나게 대단한 권능을 쥐고 있진 않군.'

군단도, 루가루도 보여주는 수법은 딱히 용우와 이비연이 머리를 맞대고 예상한 범주를 벗어나지 못하고 있었다.

"대충 볼 건 다 본 것 같군. 그럼 일단 주제 파악을 하게 만들어줄까?"

〈주제 파악을 하게 되는 건 네놈들이다.〉

루가루는 자신감이 충만했다. 새벽의 해머의 힘을 극한까지 끌어낸 지금 루가루의 마력은 9등급 몬스터를 훨씬 능가한다. 굉음의 도끼를 쓰는 이비연도 저 아래로 내려다보는 수준이었다.

"도망칠 생각은 버렸나 보군, 잘됐어."

트리니티를 쥔 용우의 마력이 급등했다. 그럼에도······.

〈어리석은 것. 그건 분명 놀라운 기적의 산물이다. 하지만 그래 봤자 계약을 거부한 너는 제대로 쓸 수가 없지.〉

여전히 루가루의 마력이 용우의 마력보다 훨씬 위였다.

루가루의 본신 마력이 워낙 높은 데다가, 제한이 해제된 새벽의 해머가 루가루에게 공급하는 힘도 그만큼 컸던 것이다.

"확실히 그 점은 우리가 해결해야 할 과제라고 할 수 있지."

용우는 조금도 위기감을 느끼지 못하는 듯 웃고 있었다.

"그런데 그 해결책이 지금 눈앞에 있잖아? 아주 잘됐어."

〈착각을 교정해 주마.〉

루가루가 새벽의 해머를 던졌다. 그러자 새벽의 해머가 일순간에 극초음속으로 가속하며 용우를 노린다.

쫘아아아아앙!

용우가 블링크로 피했지만 루가루가 곧바로 추격해 왔다. 그 손에는 여전히 새벽의 해머가 들려 있었다.

'형상 복원이군. 그리고⋯⋯.'

용우는 놀라지 않았다. 형상 복원으로 모조품을 만드는 일이 자신에게만 가능한 일은 아니었으니까. 당장 이비연도 할 수 있었고, 어비스에서도 할 수 있는 놈들은 한 손에 꼽을 정도로는 있었다.

콰광!

용우와 루가루가 격돌했다.

힘으로는 루가루의 압승이다. 부딪치는 순간 용우가 튕겨 나간다.

게다가 루가루는 힘에만 의존하는 타입이 아니다. 넘치는 힘을 활용할 기술이 있었다.

연속적으로 공간을 뛰어넘는 둘의 위치가 어지럽게 바뀌면서 충격파가 연달아 터졌다.

쫘광! 쫘과과과광!

공간이 깨질 것처럼 뒤흔들렸다.

"와, 제법 하네?"

감탄성을 흘리는 이비연은 전혀 용우를 도울 기미가 없었다.

그 사실이 루가루에게 위화감을 느끼게 만들었다.

'뭐지?'

뭔가 이상했다.

마력 면에서는 그가 용우를 압도하고 있다. 그런데 실제로 붙어보니 전혀 그런 느낌이 들지 않는다.

용우의 기술이 너무 뛰어나서?

'아니, 그게 아니야.'

힘으로 부딪치는 국면이 많은데도 용우가 밀리질 않는다.

'뭐지? 격돌할 때만 놈의 마력이 오르고 있어!'

소름이 끼쳤다. 용우의 최대 출력이라고 판단했던 수준이 최대 출력이 아니었다. 격돌 시에만 루가루와 대등하거나 그 이상의 마력을 뿜내고 있었다.

"알아차렸나?"

용우가 씩 웃었다.

"테스트는 이쯤 해야겠군."

〈이게 무슨…….〉

루가루는 한 가지 변화를 알아차렸다. 용우와 싸우는 동안 이비연과 차준혁을 제외한 다른 이들이 모두 사라져 버렸다.

그들 모두는 결계 밖, 멀찍이 떨어진 곳으로 나가 있었다.

〈설마?〉

"눈치채는 게 늦어. 별로 눈썰미가 좋은 녀석은 아니었군."

결계 밖으로 나간 이들의 마력이 용우에게 집중되고 있었다.

정확히는 이미나, 유현애, 리사 세 사람의 마력이다. 용우가 지닌 성좌의 무기에서 힘을 나눠 받는 세 사람이, 서로의 힘을 하나로 합쳐서 증폭시킨 뒤 용우에게 보내고 있었던 것이다.

〈이런 식으로 제한을 우회했다고?〉

"왜 놀라지? 허우룽카이도 했던 짓인데."

이것은 허우룽카이가 팔라딘과 셀레스티얼을 이용해서 보여줬던 연구 성과를 응용한 결과물이었다.

차이점이라면 용우에게 힘을 보태주는 세 사람은 아티팩트를 보유하고 있다는 것, 그리고 자신의 의지로 마력을 제어하고 있다는 점이다. 그렇기에 허우룽카이에게 희생된 실험체들처럼 과부하로 죽을 일이 없었다.

"네 밑천은 다 본 것 같군. 이만 끝내자."


2


용우는 감추고 있던 마력을 개방했다.

뿐만 아니다. M슈트가 빛을 발하면서 M─링크 시스템이 발동, 거대한 마력이 한층 더 폭증했다.

〈마, 말도 안 돼…….〉

루가루의 말문이 막혔다.

이런 상황은 상상도 해보지 못했다. 새벽의 해머의 제한을 해제한 상황에서 용우에게 마력으로 압도당하다니?

"네 마력이 위라고 믿고 의기양양했던 것 같은데… 입장이 역전된 소감은 어떻지?"

〈큭…….〉

루가루가 정신을 다잡았다.

그는 힘에만 의존하는 무식한 스타일이 아니었다. 전투 기술에도 자신이 있었다.

'어떻게든 이 결계에서 빠져나간다. 그러기만 하면 활로가 열릴 거야.'

다행히 결계의 출력은 그렇게 강하지 않다. 외부로 공간이 동하거나 텔레파시를 보내는 것은 막혔지만 직접 접촉해서 구멍을 뚫는 것은 충분히 가능해 보였다.

"뭘 생각하는지 뻔히 보인다."

용우는 싸늘하게 웃으면서 뛰어들었다. 루가루는 용우의 검격을 비껴내고는 블링크했다. 단번에 결계로 접근하기 위함이었다.

─공허 문지기!

물론 용우가 그것을 용인할 리 없었다.

'그렇게 나올 줄 알았다.'

블링크 자체가 속임수였다. 그는 용우가 카운터 스펠을 펼치는 순간, 블링크를 취소했다. 전투 기술이 뛰어난 자라면 이런 일도 가능한 것이다.

그렇게 타이밍을 빼앗은 루가루가 용우를 향해 새벽의 해머를 날렸다.

꽈아아앙!

충격으로 튕겨 나가는 용우 앞에서 새벽의 해머가 눈부신 빛을 발한다.

―박제된 찰나!

새벽의 해머에 내재된, 극한의 효과를 자랑하는 가속의 권능이 발동했다.

초가속에 들어간 루가루가 용우를 덮쳤다. 용우가 자세를 바로잡기 전에 새벽의 해머를 다시금 집어 던진다. 그러자 한순간에 극초음속으로 가속한 새벽의 해머가 관성을 무시하고 튕기듯이 꺾이면서 예측할 수 없는 궤도로 용우를 노리는 게 아닌가?

콰광!

그러나 용우는 그것을 튕겨 내면서 루가루에게 뛰어들었다. 새벽의 해머가 루가루의 손에서 떠난 틈을 노리는 것이겠지만…….

'걸렸다.'

거짓말처럼 루가루의 오른손에 새벽의 해머가 나타났다.

언제든지 새벽의 해머를 공간이동으로 불러들일 수 있다는 것을 감추고 있었던 것이다. 이 순간 용우에게 카운터를 먹이기 위해서 깔아둔 밑밥이었다.

'죽어봐라!'

루가루가 용우의 검격을 피하면서 새벽의 해머를 휘두르는 순간이었다.

콰직!

절묘한 타이밍으로 끼어든 이비연의 검이 루가루의 몸통을 꿰뚫었다.

〈……!〉

격통으로 몸을 비트는 그에게 용우가 속삭였다.

"설마 정정당당하게 일대일 대결이라도 해줄 줄 알았냐?"

그 말에 루가루는 자신이 수싸움에서 용우에게 패배했다는 사실을 깨달았다.

처음부터 용우는 그가 판 함정을 꿰뚫어 본 것이다. 그렇지 않고서야 이비연이 저토록 완벽한 타이밍으로 끼어들 수는 없었다.

파악!

트리니티의 칼날이 루가루의 오른팔을 잘라내었다.

―일시 봉인!

봉인의 효과를 일시적으로 발휘하는 에너지장이 잘려 나간 루가루의 오른팔을 감쌌다.

아티팩트와 동급으로 보이는 칠흑의 건틀릿, 그리고 새벽의 해머까지도 그렇게 봉쇄된 것이다.

〈크윽……!〉

루가루가 왼손을 들어 자신의 몸을 꿰뚫은 이비연의 검을 붙잡았다. 허공장의 반발력을 이용해서 빠져나가려고 했지만…….

―노이즈 버스트!

이비연이 그걸 기다려 줄 리가 없었다.

체내로부터 발생한 힘이 루가루의 마력 흐름에 노이즈를 발생시킨다.

"왜 세상에 히든카드를 준비하는 게 자기뿐이라고 생각하는 거지?"

이비연이 고개를 절레절레 저으며 루가루의 몸통을 갈라 버렸다.

그리고 루가루가 뭔가를 하기도 전에 그 머리통을 용우가 걷어차서 대지에 처박았다.

꽈아아아앙!

충격을 받은 지면이 원형으로 터져 나가고 흙먼지가 치솟았다.

용우가 말했다.

"자기는 높은 곳에서 세상을 내려다보고 있다고 착각하고 있으니 그렇지."

"하긴 이 모든 일이 구세록이라는 것으로부터 비롯되었다고 하니, 자기들이 뭐라도 된다고 생각할 만도 하네. 진짜 재수 없다."

이비연이 아니꼽다는 듯 고개를 저었다. 용우가 피식 웃었다.

"그럼 이야기를 들어볼까?"

"……."

순간 잠깐 의식이 날아갔던 루가루의 눈에 빛이 돌아왔다.

그의 몸이 허공에 녹아들듯이 사라졌다.

텔레포트가 아니었다. 물질세계와 꿈의 세계를 오가는 몽상가의 능력을 사용한 것이다.

"어쩌면 이렇게 예상대로만 행동하는지 모르겠군. 이래서야 우리가 예언자라도 된 것 같잖아?"

"그러게."

용우의 말에 이비연이 시큰둥하게 손가락을 튕겼다.

파지지직……!

그러자 허공의 한 지점에서 격렬한 스파크가 발생, 그곳에서 튕겨 나온 루가루가 요란하게 땅에 처박혔다.

"그 알량한 능력을 구명줄로 여기고 있었냐?"

용우가 비아냥거렸다.

이비연이 흡족해하며 고개를 끄덕였다.

"역시 나야. 완벽해."

"……."

"왜? 할 말 있어?"

"없어. 너 잘났다."

"헤헹. 오빠 진짜 나한테 감사의 절이라도 올려야 한다니까. 나 없으면 어쩔 뻔했어?"

이비연이 우쭐거렸다.

꿈의 세계로 탈출한 루가루가 다시 끌려온 것은, 이비연이 펼친 결계 때문이다. 그녀는 리사의 협력을 받아 연구하는 것으로 몽상가의 능력이 어떤 작동 원리를 가졌는지 파악했던 것이다.

"꿈의 세계로 들어간다는 특질을 가졌을 뿐, 본질적으로는 정보 세계 진입이나 영체화와 다를 게 없지."

그리고 이비연은 그 두 가지 사례가 차단되는 결계를 펼칠 수 있었다.

확신할 수 있다. 이제는 굳이 결계 안에 가두지 않더라도 루가루를 추적해서 붙잡는 게 가능하다.

콰드드득……!

용우와 이비연은 제압당한 루가루를 가만 놔두지 않았다.

용우의 공격이 루가루의 갑옷을 부숴서 뜯어낸다. 그리고 이비연의 타격으로 발생하는 노이즈가 마력의 흐름을 방해하고, 그의 마력을 지속적으로 소모시켰다.

"으, 아……."

결국 루가루는 갑옷이 파괴되면서 강제로 변신을 해제당했다. 뿐만 아니라 늑대인간 변신까지 풀려서 인간의 모습으로 돌아오고 있었다.

차준혁이 물었다.

〈끝난 건가?〉

"그래. 그럼 이제 이야기를 들어봐야겠는데… 너도 물어보고 싶은 게 있나?"

〈아니, 듣고 싶은 건 대충 다 들었다. 혹시 생각나면 그때 물어보지.〉

"그래."

용우는 고개를 끄덕이고는 루가루의 몸통을 밟았다.

"어, 어떻게……."

완전히 제압당한 루가루는 인간 소년의 모습을 하고 있었다.

아직 앳된 소년이 만신창이가 되어 있는 모습은 끔찍했다. 절로 동정심이 생길 모습이다.

그러나 용우도, 이비연도, 차준혁도 한 줌의 동정심도 느끼지 않았다.

"어떻게… 여길 알아내고 함정을 판 거지?"

"그런 게 궁금한가?"

용우가 어이없다는 듯 실소했다. 이 상황에서 그런 의문에 집착한단 말인가?

물론 용우는 그의 의문을 풀어줄 마음은 추호도 없었다.

용우는 곽에서 두 군주와 싸우면서 몽환포영을 펼쳤을 때, 그곳을 관측 중이던 루가루를 역추적하는 데 성공했다.

본래대로라면 구세록의 관측 능력은 용우라 할지라도 인지할 수 없었다. 하지만 몽환포영으로 구축된, 용우의 성역이라고 할 수 있는 세계는 그런 한계를 뛰어넘었다. 구세록의 관측을 차단하는 것은 물론이고 역추적까지 해낸 것이다.

하지만 그것은 일시적이었고, 그 후로는 루가루의 위치를 알 수 없었다.

그렇기에 용우는 차준혁을 이용했다. 몽환포영의 영역 안에서 차준혁이 루가루와 연락을 주고받고, 루가루가 지정하는 공간좌표로 이동당하게 하자 손쉽게 위치를 파악할 수 있었다.

"타카야마 준이치는 어떻게 되었지?"

"······."

루가루는 입을 다물고 용우를 노려보았다.

용우가 물었다.

"새벽의 해머가 너에게 계승된 게 어떤 의미인지는 알겠지?"

"······."

"아직 정신 못 차렸군. 불굴의 정신력을 가졌다고 자부하나? 아니면······."

용우가 눈을 빛냈다.

"어차피 육신의 고통은, 육신을 초월한 너를 굴복시킬 수 없다고 생각하나?"

루가루가 흠칫했다. 용우의 말에서 풍기는 뉘앙스가 의미심장했기 때문이다.

용우가 이를 드러내며 웃었다.

"몸은 그릇일 뿐. 그런 생각을 하고 있는 모양인데… 내 앞에서 그렇게 생각하던 놈들은 다 믿음이 무너지는 아픔을 겪고 비명을 질렀지. 네놈은 어떤지 볼까?"

루가루의 눈동자가 흔들렸다.

*　　　*　　　*

종말의 군단은 충격에 빠져 있었다.

영원불멸의 존재라고 여겨졌던 일곱 군주 중 네 명이 죽었다.

뿐만 아니다. 그들의 코어까지 소실되었기에 그 힘을 계승하는 것조차 불가능했다.

"……."

주인 없는 왕궁에는 무거운 침묵이 흐르고 있었다.

비어 있는 옥좌 앞에 앉아 있는 자는 네 명.

타락체들의 우두머리 라지알, 그리고 세 명의 군주였다.

"설마 우리가 시간에 쫓기게 될 줄은 몰랐군."

타락체들의 우두머리, 라지알은 주인 없는 왕궁에서 중얼거렸다.

지금까지 그들은 시간에 쫓겨본 적이 없었다. 언제나 빨리 시간이 흘러서 그들에게 걸린 제한이 풀리기만을 기다리는 입장이었다.

그런데 이제는 입장이 바뀌었다.

"시간이 없어."

서용우가 그들에게 입힌 타격은 결정적이었다. 군단은 지금까지 단 한 번도 경험해 본 적 없는 궁지에 몰렸다. 벼랑 끝이라는 말이 어울리는 상황이었다.

"권능의 기둥에서 완전히 빛이 사라지기 전에 조치를 취해야 한다."

왕의 섬에 존재하는 거대한 일곱 개의 기둥, 권능의 기능은 일곱 군주와 연결된 권능의 원천이다.

왕의 섬을 중심으로 묶여 있는 군단의 세계를 올바른 형상으로 유지하는 역할을 하며, 언젠가 탄생할 왕을 위한 지식과 권능을 보관하고 있었다.

그런데 네 명의 군주가 살해당하면서, 그들과 연결된 네 개의 기둥도 서서히 빛이 꺼져가고 있었다.

그 빛이 완전히 꺼지면 무슨 일이 일어날지 모른다. 남은 기둥만으로 군단의 세계를 유지할 수 있다고 장담할 수 없는 것이다.

그렇기에 군단은 어떻게든 그 빛이 꺼지는 것을 막으려고 했다. 지식과 권능을 다루는 데 뛰어난 존재들이 모여서, 군단이 비축한 막대한 영적 자원을 투입하며 노력하고 있는 중이다.

"그래 봤자 파멸의 시기를 늦출 수 있을 뿐이지. 우리의 자원도 무한하지는 않아……."

그들에게는 앞선 두 번의 전쟁, 그리고 지구에서 수집한 막대한 영적 자원이 있다. 그러나 지금처럼 소모한다면 얼마 안 가 바닥을 드러내고 말 것이다.

"역시 불멸의 코어를 되찾아오지 않으면 우리는 파멸한다."

〈분석자들의 예측으로는 빙설의 기둥이 기능을 정지하기까지 앞으로 80일 정도.〉

대지의 군주 트라드가 입을 열었다.

그는 용의 머리를 가진 거인으로, 암석과 금속으로 이루어진 몸을 갖고 있었다.

"80일이라……."

라지알이 중얼거렸다.

군단의 세계에서 시간 개념은 침략의 대상에 따라서 바뀐다. 지구를 침략하고 있는 지금, 그들의 시간 개념은 지구에 맞춰져 있었다.

〈그리고 빙설의 기둥이 기능을 정지하는 순간, 우리의 세계

는 3분의 2로 줄어들 것이다.〉

"그것도 낙관적으로 봤을 때고, 최악의 경우 반 이하로 줄어들겠지. 구획 정리가 필요한 상황이지만……."

〈가능할까?〉

"불가능하지. 세계의 어디가 붕괴하고 어디가 남을지는 우리도 예측할 수 없으니까."

군단의 세계는 혼돈에 침식되어 가고 있다. 그리고 권능의 기둥은 그것을 막아주는 가장 큰 울타리를 형성한다.

이 울타리의 일각이 붕괴하면 혼돈의 침식이 단숨에 진행될 것이다. 지금까지의 침식이 파도라면 그 순간에 덮쳐올 것은 해일이라고 할 수 있을 터.

그 해일이 어디로 향할지 예측하는 것은 군단의 기술력으로는 불가능했다.

"모든 군단원을 왕의 섬으로 모으는 수밖에."

〈영지를 포기하라는 건가?〉

뇌전의 군주 에우라스가 불쾌감을 드러냈다.

군주들은 각각 작은 문명이라고 할 수 있는 규모의 영지를 거느리고 있다.

그 영지는 각각이 독립된 세계로, 이 모든 것이 시작되기 전부터 존재해 왔다. 군주 입장에서는 쉽게 포기할 수 있는 게 아니었다.

라지알이 차갑게 웃었다.

"운이 좋다면 그 영지가 1차 침식 이후에도 살아남겠지. 하지만 그 후에도 세 번의 침식이 더 기다리고 있다. 그때까지도 너희들의 영지가 멀쩡할까?"

〈……〉

"사태에 대한 해결책이 나오기 전까지는 불가피한 조치다. 영토를 잃을지언정 군단의 전력을 잃어서는 안 돼. 지금은 후자가 훨씬 더 중요하다."

〈왕의 섬으로 모으면 모으는 대로 심각한 문제가 발생한다.〉

"하지만 침식으로 다 같이 소멸하는 것보다는 낫다. 감수할 수밖에 없어."

군단의 세계가 여러 세계로 나뉘어 있는 것에는 그만한 이유가 있다.

각각의 세계를 이루는 자원이 유한하기 때문이다. 군단이 아무리 많은 영적 자원을 획득해도 하나의 세계에 투입할 수 있는 양에는 한계가 있다.

그리고 이것은 하나의 세계에서 생존할 수 있는 군단원의 수를 제한하게 된다. 물질세계의 식량 문제와 비슷한 문제가 그들을 괴롭히는 것이다.

〈그 전에 하스라의 코어를 되찾는 수밖에 없군.〉

"어떻게?"

〈……〉

"지금 시점에서 우리는 놈들과 정면승부를 벌일 방법이 없어. 할 수 있다고 생각하고 돌격하는 족족 놈들의 함정에 걸리지 않았나."

〈그럼 이대로 말라 죽자는 거냐?〉

"아니. 그럴 수는 없지."

라지알은 자신들을 이렇게까지 몰아세운 적, 서용우에게 감탄할 수밖에 없었다. 도대체 정체가 뭔지 모르겠지만 단 한 명의 존재로 인해서 이렇게 될 거라고는 상상도 못 해봤으니까.

"기다릴수록 파멸이 가까워질 뿐. 움직일 수밖에 없다."

라지알은 자신이 생각한 전략을 말했고, 군주들은 동의했다.

Chapter51

# 한계

## 1

작년 말부터 한국 게이트 재해 연구소는 전 세계적으로 가장 중요한 장소 중 하나가 되었다.

권희수 박사의 존재만으로도 중요도가 높았던 곳이다. 그런데 미국의 보물로 불리는 아서 브래드 박사와 그의 연구 팀이 와서 합동 연구를 하고 있으니 그럴 수밖에.

용우는 권희수 박사의 요청을 받고 그곳에 와 있었다.

"웬일로 피곤해 보이네요?"

권희수 박사가 의아해하며 물었다.

의자에 기대고 있던 용우가 정말로 피곤해 보였기 때문이다. 그녀가 용우를 알게 된 후로는 처음 보는 모습이었다.

"일이 많아서요. 오늘도 별로 시간 없습니다. 빨리 끝내고 돌아가야 해요."

"괌에서 그만한 성과를 거뒀잖아요. 그런데도 전혀 여유가 없어 보이네요."

용우는 권희수 박사를 단순한 협력자가 아닌 동료로 인정했다. 그렇기에 괌 전투에 대해서도 진실을 알려주었다.

"매번 말하는 거지만… 우리에게 남은 시간은 그리 많지 않습니다."

용우가 쓴웃음을 지었다.

이제까지 올린 성과에도 불구하고, 그는 진심으로 그렇게 생각하고 있었다.

구세록에 예정된 제약이 풀리면 풀수록 군단의 위험성은 폭발적으로 높아진다. 그들의 위험성이 더 커지기 전에 이 전쟁을 끝내야 했다.

"하긴 그러니까 당신이 그렇게 서두르는 거겠죠."

그렇게 말하는 권희수는 피곤한 정도를 넘어서 폐인처럼 보였다. 용우가 요구하는 성과를 내기 위해 연구에 몰두한 결과였다.

'그런데도 눈빛은 갈수록 살아나는 것 같군.'

용우는 자신을 보는 권희수의 눈을 보며 생각했다. 그녀는 점점 초췌해져 가고 있었지만 눈빛만은 활활 타오르고 있었다. 마치 고행을 자처하는 수행자들처럼.

'역시 당신도······.'

용우는 그런 권희수에게서 익숙한 감정의 냄새를 맡았다.

예전에 나눴던 약속은 아직 이루어지지 않았다. 용우는 여전히 권희수의 과거를 모른다.

하지만 용우는 권희수를 재촉하지 않았다. 언제가 되든 좋다. 만약 그 약속이 영원히 지켜지지 않더라도, 그건 그것대로 괜찮다고 생각했다.

권희수가 물었다.

"무슨 일이 있었던 건가요?"

"구세록과 한바탕했습니다."

"음? 그게 한바탕 할 수 있는 대상이었나요?"

권희수는 용우가 농담을 하는 게 아닌가 의심했다. 하지만 용우의 표정은 진지했다.

"그렇더군요. 구세록에는 명확한 의지가 있었습니다. 단순히 원칙에 의한 시스템이 아닌, 아주 인간적인 의지가······."

그리고 그 의지는 대단히 음습한 모습을 하고 있었다.

용우는 구세록의 사도를 자처하는 존재, 루가루를 사로잡았다. 그리고 그를 고문해서 지금까지 베일에 싸여 있던 진실을 알아냈다. 마침내 용우를 괴롭혀 오던 정보 공백이 메꿔진 것이다.

하지만 진실을 알아낸 시점에서, 팀 섀도우리스에는 한 가지 심각한 문제가 발생했다. 용우도 예상치 못한 문제가.

"자세한 이야기는 일이 좀 정리되고 나면 해드리죠. 오늘 부른 용건이나 말해주십시오."

"열쇠를 하나 더 샘플로 제공해 주세요."

"열쇠를?"

용우가 눈살을 찌푸렸다.

군단의 세계에서 훔쳐온 열쇠는 일곱 개였다.

그중 하나, 새벽의 힘이 깃든 열쇠는 권희수에게 연구용 샘플로 넘겨주었다.

그리고 그에 대응하는 아티팩트 새벽의 해머도 같이 넘겨주었는데, 이것은 새벽의 군주 두라크를 죽일 때 파괴되었기에 수리할 필요가 있어서이기도 했다. 망가진 아티팩트를 고칠 수 있는 것은 권희수뿐이었으니까.

"안 되나요?"

"솔직히 별로 쓸모 있는 물건은 아니니까 상관없습니다. 이유나 말해주시죠."

용우는 군단으로부터 열쇠를 훔쳐왔을 때, 이걸로 뭔가 대단한 일을 할 수 있으리라 기대했다.

그러나 그 기대는 금방 무너졌다.

군주들이 지구로 강림하기 위한 매개체가 아티팩트이듯, 열쇠는 구세록의 계약자가 군단의 세계에 강림하기 위한 매개체가 된다.

그뿐이었다. 융합을 시도해 봤지만 실패했다. 아티팩트와 마찬가지로 열쇠도 코어가 핵심인 물건이었기 때문이다.

어차피 용우와 이비연은 열쇠 없이도 군단의 세계로 넘어가서 성좌의 무기를 자유롭게 쓸 수 있다. 그리고 구세록의 계약자들은 열쇠를 써서 넘어가 봤자 발휘할 수 있는 힘이 제약된다.

지금의 용우 입장에서 보면 열쇠는 쓸모가 없었다.

권희수가 말했다.

"실은 아주 재미있는 성과가 나오고 있거든요. 결과가 나오면 말해줄게요."

"알겠습니다. 어떤 열쇠가 좋습니까?"

"굉음의 열쇠를 주세요."

아티팩트 굉음의 도끼 또한 괌 전투 때 파괴되어서 권희수에게 맡긴 상태였다.

용우가 굉음의 열쇠를 넘겨주자 그녀가 신나서 미소를 지었다.

"우후후. 기대하세요. 제로 당신도 깜짝 놀랄 거예요."

"기대하죠."

용우는 빈말이 아니라 진심으로 말했다. 용우는 누구보다잘 싸울 수는 있어도 권희수의 업적을 흉내 낼 수는 없으니까.

\*　　　\*　　　\*

일본인 소년, 타카야마 준이치는 비명을 지르며 눈을 떴다.

"헉, 허억……."

뭔가 지독한 악몽을 꾼 것 같다. 하지만 그 악몽의 내용은 기억나지 않고 온몸을 적신 식은땀에 불쾌감이 몰려올 뿐이다.

"여, 여긴 어디지?"

그가 깨어난 곳은 병원이었다. 왠지 주변이 온통 하얀 병실의 풍경도, 병원 특유의 냄새도 굉장히 익숙한 느낌이 들었다.

하지만 타카야마 준이치는 양팔을 끌어안고 불안에 떨었다.

기억이 나지 않는다.

이곳이 어디인지, 어떻게 해서 이곳으로 오게 되었는지…….

뿐만 아니라 자신이 누구였는지조차 기억이 나지 않았다.

"여긴 병원이다."

불안해하는 타카야마 준이치에게 누군가 말했다.

병실 한구석에 앉아서 TV를 보던, 평범한 인상의 남자였다. 머리는 부스스하고 면도를 안 했는지 수염이 지저분하게 자라 있었다.

"누, 누구세요?"

"……."

남자는 그 물음에 선뜻 대답하지 못하고 머뭇거렸다.

소년이 불안한 듯 몸을 움츠렸다. 그 반응을 본 남자가 쓴 웃음을 지었다.

"난 사다모토 아키라다."

그가 이름을 밝혔지만, 소년은 영문을 모르겠다는 표정을 지을 뿐이었다. 이 사람은 왜 갑자기 자신에게 이름을 밝히는 것일까?

"병실을 잘못 찾아와서 기다리는 중이었지. 휴식을 방해해서 미안하구나."

사다모토 아키라는 어색하게 둘러대고는 병실을 나섰다.

그가 병원 건물에서 나오자 그 옆에 불쑥 한 사람이 나타났다. 사다모토 아키라가 일그러진 표정으로 그를 바라보았다.

"…정말이었군."

"거짓말할 이유가 없잖아."

돌연 나타난 것은 서용우였다.

사다모토 아키라가 어이없다는 듯 실소했다.

"기억상실이라니… 현실에서 보게 될 줄은 생각 못 했는데."

"그 점은 동감이야."

용우와 동료들은 구세록의 사도라 자처하는 존재, 루가루를 처치하고 타카야마 준이치를 구출했다.

그 과정에서 용우는 루가루가 사다모토 아키라에게 거짓말을 했음을 알아냈다.

루가루와 타카야마 준이치와의 계약은 사기 계약이었다. 그 계약을 지키지 않아도 루가루에게는 아무런 페널티가 없었다.

루가루가 필요로 한 것은 두 가지였다.

하나는 타카야마 준이치가 자신에게 몸을 내주는 일에 동의하는 것. 타카야마 준이치가 동의했기에 그는 아무런 반발 없이 그 몸을 쓸 수 있었다.

또 하나는 시간을 버는 것. 몸을 차지한 후에 타카야마 준이치의 자아를 부작용 없이 지워 버리기 위해서는 시간이 필요했기 때문이다.

결국, 타카야마 준이치는 악마 같은 루가루에게 철저하게 농락당한 가련한 존재였다.

사다모토 아키라가 물었다.

"기억을 되찾을 확률은 얼마나 되지?"

타카야마 준이치는 기억을 잃어버렸다. 그리고 그 기억상실은 흔히 말하는 경우와는 좀 달랐다.

루가루는 현실과 꿈의 세계를 오갈 수 있는 특수한 권능의 소유자였다. 그는 그 권능을 이용, 타카야마 준이치의 기억을 야금야금 갉아먹듯이 지워 버렸다.

기억을 지움으로써 자아를 지우려고 한 것이다. 그리고 그 작업은 거의 막바지에 이르러 있었다.

"자연스럽게 기억을 되찾을 확률은 없다고 봐도 될 거야."

용우와 이비연은 루가루를 타카야마 준이치의 몸에서 분리한 뒤 몇 가지 실험과 점검 작업을 거쳐서 그런 결론을 내렸다.

"……."

사다모토 아키라는 입을 꾹 다물었다.

혼란스러워하는 그에게 용우가 물었다.

"아직도 생각이 바뀌지 않았나?"

사다모토 아키라는 죽음을 바라고 있었다.

구세록의 계약자로서의 역할이 끝난 지금, 살아야 할 이유를 찾을 수 없었기 때문이다. 그는 보통 사람이라면 당연히 가진 것, 삶에 대한 욕망을 잃어버린 지 오래였다.

다만 그는 그 죽음이 유용하게 쓰이길 바랐다. 타카야마 준이치가 복수심을 충족시킬 수 있다면 기꺼이 그렇게 할 생각이었다.

"…저 아이가 기억을 되찾게 해줄 수 있나?"

"힘들어."

용우가 고개를 저었다.

시도해 볼 만한 방법들이 있긴 했다. 하지만 성공할 가능성은 낮았고, 후유증을 걱정하지 않을 수 없었다.

'그리고 설령 할 수 있다고 한들… 기억을 되찾아주는 게 저 애를 위한 길일까?'

타카야마 준이치의 정신은 심하게 망가져 있었다. 어린 시절부터 이어진 경험만 해도 견디기 어려운 것들이었다. 그런데 거기에 팬텀의 실험체가 되어 고통받은 시간이 더해졌으니 그럴 수밖에 없었다.

구출된 후로도 자살을 두 번이나 기도했고, 루가루의 유혹에 선뜻 넘어가 버린 것만 봐도 그 정신의 피폐함을 짐작할 수 있었다.

그런 타카야마 준이치의 기억을 되살리는 것은, 과연 정말로 그를 위한 일인가?

용우는 그럴 수 없어서 다행이라고 생각했다. 만약 얼마든지 기억을 되찾아줄 수 있었다면 이 문제를 두고 심각하게 고민했을 테니까.

사다모토 아키라가 허탈해하며 물었다.

"내가 뭘 어떻게 해야 할까?"

"글쎄. 난 별로 네 인생 상담사가 되고 싶진 않군."

"그렇군. 알겠다."

용우의 쌀쌀맞은 태도를 사다모토 아키라는 쉽게 받아들였다. 용우는 그에게 따뜻하게 대해줄 이유가 없었으니까.

"타카야마 준이치에 대해서는 걱정 안 해도 될 거야. 앞으로 살아가는 데 필요한 지원은 해줄 거니까."

어차피 타카야마 준이치를 팬텀에게서 구출했을 때부터 그럴 예정이었다. 타카야마 준이치는 크로노스 그룹의 후원을 받으며 사회에 적응해 갈 것이다.

"그럼."

용우는 그 말을 끝으로 텔레포트해서 사라졌다.

사다모토 아키라는 오랫동안 구세록의 계약자로서 세상을 지켜왔다. 동시에 일본에서 무수한 사람을 살해한 살인마이기도 했다.

하지만 용우는 굳이 그를 죽일 마음이 없었다.

그것은 사다모토 아키라가 구세록의 계약자로서 해온 일을 존중해서가 아니다. 그저 용우 자신이 도덕적 올바름을 이유로 누군가를 심판할 마음이 없기 때문이었다.

지금까지 용우가 죽인 구세록의 계약자들은 도덕적으로 올바르지 못한 존재들이라서 용우에게 살해당한 게 아니다. 용우를 적대했기에 그런 결말을 맞이한 것뿐이다.

사다모토 아키라는 루가루를 잡을 수 있도록 순순히 협력해 준 인물이다. 그렇기에 용우는 그가 어떻게 되건 상관하지 않기로 했다.

'궁금하긴 하군.'

하지만 그가 어떤 선택을 할지는 궁금했다.

구세록의 계약자가 아닌 사다모토 아키라는 할 수 있는 일이 거의 없다. 어느 정도의 마력과 초인적인 육체 능력을 갖긴 했지만, 그뿐이다. 예전처럼 일본의 권력자들을 이용할 길이 없는 것이다.

그것은 사다모토 아키라가 스스로 저지른 일들의 대가를 치러야 함을 의미한다.

만약 그의 정체를 알고 있는, 극소수의 권력자들이 그가 힘을 잃었다는 사실을 알게 되면 어떻게 될까?

'들키지 않으면 그만이겠지만……'

과연 끝까지 그럴 수 있을까?

*　　　*　　　*

용우가 사다모토 아키라의 선택을 알게 된 것은 그로부터 사흘 후의 일이었다.

[자살했습니다.]

사다모토 아키라는 산으로 들어가서 자살했다. 권총으로 자신의 머리를 쏜 뒤, 그대로 까마득한 낭떠러지에서 떨어지는 방식으로 말이다.

용우에게 그 사실을 알려준 것은 애비게일 카르타였다.

그녀는 일본에 인원을 풀어서 사다모토 아키라의 행동을 감시하고 있었다. 같은 1세대 구세록의 계약자이기에 그녀도 '사다모토 아키라의 선택이 궁금했던 것이다.

[어떻게 할까요?]

"시신을 어떻게 처리할까에 대해서라면… 당신 마음대로 해. 어떻게 했는지까지 알려줄 필요는 없어."

예상한 결말이었다. 사다모토 아키라가 계속 살아가길 선택했다면 오히려 놀랐을 것이다.

[알겠습니다.]

애비게일 카르타의 목소리는 담담하게 들렸다.

용우는 문득 궁금해졌다.

이제 1세대 구세록의 각성자 중 생존자는 그녀 한 사람뿐이다. 나머지는 용우와 적대하고 죽거나, 아니면 삶의 의미를 잃고 자살했다.

마지막 동지를 잃은 애비게일 카르타는 어떤 심정일까?

그녀 역시 삶에 대한 집착이 없기는 마찬가지다. 그녀는 스스로 부여한 의무에 따라 살아가고 있을 뿐, 살고 싶다는 욕망을 잃은 지 오래되었다.

이 모든 것이 끝나고 나면 그녀는 어떤 선택을 할까?

과연 계속해서 살아가는 길을 택할까? 아니면······.

"······."

하지만 용우는 결국 애비게일 카르타에게 그 의문을 묻지 않았다.

용우의 고민을 눈치채지 못한 애비게일 카르타가 말을 이었다.

[그리고 기다리고 계시는 건은··· 조금만 더 시간을 주십시오.]

그녀가 언급한 것은 루가루에게 진실을 알아낸 대가로 팀 새도우리스가 안게 된 문제였다.

"어차피 그 건에 대한 결론을 내는 건 당신이 아니라 브리짓과 휴고지. 걱정 마. 이미 정한 기한을 줄일 생각은 없으니까."

애비게일 카르타와의 통화를 끝낸 용우는 쓴웃음을 지으며 의자에 몸을 묻었다.

피곤했다.

2

요즘 들어 이비연은 리사와 함께하는 시간이 많았다.

몽상가의 특성에 대해서 파악하는 연구를 함께 해서이기도 했고, 또 종종 리사의 개인적인 활동을 도와주기도 했기 때문이다.

"아, 으윽……."

험악한 인상의 백인 남자가 피투성이가 된 채 신음하고 있었다.

그의 주변에는 시체가 널려 있었다. 몇 분 전까지만 해도 그와 천박한 농담을 나누던 동료들이었다.

벌레처럼 땅을 기던 그의 몸 위로 사람의 그림자가 드리워졌다. 남자가 흠칫 몸을 떨며 힘겹게 고개를 들었다.

"이놈이 마지막이야."

검은 단발머리의 동양인 소녀가 백인 남자는 알아들을 수 없는 말, 한국어로 말하고 있었다.

시체가 널려 있는 이곳에는 전혀 어울리지 않는, 나들이라도 나온 것 같은 차림새였다. 그런 그녀를 보는 백인 남자의 눈동자는 공포로 떨리고 있었다.

"히이익……!"

그 옆에 새로운 그림자가 나타났다.

검은 쇼트커트를 해서 언뜻 보면 소년처럼 보이기도 하는, 중성적인 외모의 소녀였다.

"그래? 생각보다 수가 적네."

그녀는 그렇게 말하고는 손에 들고 있는 무기, 얼음처럼 투명한 질감의 창을 들어 올렸다.

콰직!

그리고 그 창으로 가차 없이 백인 남자의 숨통을 끊어놓았다.

그것으로 이 지역에서 큰 영향력을 발휘하며 마약상 노릇을 하던 범죄 조직의 조직원은 전부 죽었다.

"앞으로 얼마나 남았어?"

그렇게 물은 것은 단발머리의 소녀, 이비연이었다.

쇼트커트의 소녀, 리사가 대답했다.

"다섯."

리사는 허우룽카이를 죽여서 복수했다.

하지만 그것으로 그녀의 복수가 완결된 것은 아니었다.

세상에는 여전히 팬텀과 협력했던 존재들이 남아 있었다. 각국의 정부 인사, 기업체, 아니마를 받아서 유통하던 범죄 조직 등등.

리사는 팬텀의 통합 관리 데이터에 기록된 모든 존재를 찾아서 파멸시키고 있었다.

그 행위가 세상에 던진 충격은 컸다. 허우룽카이가 지배하던 대만은 물론이고 미켈레와 엔조 모로의 영향 하에 있던 유럽의 정치인이나 경제인들도 리사에게 살해당했으니까.

하지만 리사는 주저하지 않았다. 그들이 죽어서 슬퍼하는 사람이나 난처해하는 사람 따위는 알 바 아니었다.

리사는 스승인 서용우의 가르침에 동의했다.

복수자는 복수 대상의 입장을 배려해 줘야 할 이유가 없다.

대안을 준비할 의무도 없다.

힘없는 약자에게 온갖 가혹한 짓을 저지르고 그것으로 이득을 취한 놈들에게 복수를 하는데 왜 그들의 입장이나, 그들이 쥐고 있는 무언가를 고려해 줘야 한단 말인가?

"이제 거의 다 끝났어."

허우룽카이를 죽인 시점에서 리사의 복수심은 해소되었다. 지금 하는 일들은 딱히 그녀에게 성취감을 가져다주지는 않았다.

아니마를 제조하던 곳이나 인체 실험을 하던 시설은 모두

파괴했기에 더 이상 구출해야 할 이들도 없었다.

그럼에도 리사는 리스트에 존재하는 모든 이름을 파멸시키고자 했다.

그것은 일종의 의무감이었다. 자신과 함께 지옥 같은 고통을 겪고 죽어간 이들에 대한.

이비연이 물었다.

"오늘이라도 끝낼 수 있겠네. 말 나온 김에 아예 오늘 끝낼래?"

"언니는 왜 날 도와주는 거야?"

허우룽카이가 죽은 시점에서 용우는 리사의 복수를 돕는 일을 중단했다. 나머지는 리사 혼자서도 충분히 해낼 수 있는 일이기 때문이었다. 사실상 지구상에서 리사가 뭔가를 하고자 하면 막을 수 있는 것은 팀 섀도우리스밖에 없었다.

그런데도 이비연은 굳이 리사를 도와주겠다며 따라다니고 있었다. 리사는 그 이유가 궁금했다.

"전에 한 번 대답했잖아?"

"그거 말고, 진짜 이유가 있잖아."

"거짓말한 건 아니었는데."

그때 이비연은 리사와 친해지고 싶어서라고 대답했다.

"알아. 하지만 그것만은 아닌 것 같아서."

"진짜 이유라……."

이비연은 잠시 생각해 보더니 말했다.

"확인하고 싶은 게 있어서겠지."

"뭘?"

"오빠가 그러는데, 몇몇 나라들은 게이트 재해가 사라진 후를 대비하고 있다고 해."

이비연의 동문서답에 리사가 고개를 갸웃했다. 하지만 이비연은 개의치 않고 말을 이었다.

"게이트 재해가 사라지는 순간, 모든 게 달라질 테니까. 현기증 날 정도로 많은 문제가 몰려오겠지. 하지만 그중에서 가장 빨리 해결해야 하는 문제가 뭐라고 생각해?"

"영토 문제 아닐까? 지금 재해 지역이 된, 자원이 묻혀 있는 곳이라거나……."

"땡. 정답은 에너지 문제래."

인류에게 있어서 게이트 재해는 끔찍한 문제였다.

하지만 그와 동시에 반드시 필요한 자원 수급처이기도 했다.

퍼스트 카타스트로피 이후 재해 지역이 확장되면서 인류는 과거에 의존했던 화석 자원으로부터 벗어나야 했다. 마력석을 이용한 상온 핵융합 기술이 개발되지 않았다면 인류 문명은 파멸했을 수도 있었다.

그런데 게이트 재해가 사라지면 인류는 마력석이라는 기적의 에너지 자원을 잃게 된다.

전 세계 인구는 줄어들었고, 인류의 영토는 좁아졌다. 그럼에도 방위 시스템이 구축된 이후로 인류의 전력 소비량은 지속적으로 상승해 왔다.

과연 이제 와서 다시 퍼스트 카타스트로피 이전으로 회귀할 수 있을까?

시스템을 구식으로 교체하기 위한 시간과 비용은 어마어마할 것이고, 그 와중에 전쟁을 포함한 참혹한 트러블이 끊이지 않을 것이다.

"해결책은 마력석이 없어도 상온 핵융합을 일으킬 수 있는 방법을 개발해 내는 것뿐."

그 연구 자체는 예전부터 이루어지고 있었고, 어느 정도 성과도 나오고 있는 상황이라고 한다.

"하지만 최근에는 그 전하고는 비교도 안 될 정도로 공격적인 투자가 이뤄지고 있대. 우리 때문이겠지."

특히 적극적으로 움직이고 있는 것은 한국과 미국이다.

서용우의 본거지인 한국이 이 문제에 적극적인 것은 당연한 일이다. 그리고 미국은 애비게일 카르타가 움직이고 있다. 다른 나라들은 이 둘의 움직임을 보고 따라가는 중이다.

"왜 갑자기 이런 이야기를 했냐 하면… 나는 때때로 궁금해지거든."

"뭐가?"

"이 모든 싸움이 끝났을 때, 과연 나는 세상에 적응해서 살아갈 수 있을까?"

"……."

"세상 모든 것들이 나만 버려두고 다 어딘가 먼 곳으로 가 버린 것 같아. 어딜 가도 낯선 여행지에 혼자 내던져진 것처럼 불안한 기분이야. 가끔 그 사실에 화가 나기도 하지."

이비연은 세상이 무서웠다. 예전에는 그토록 거대해 보였던 세상이, 이제는 자기가 잠깐 이성을 잃고 날뛰면 부서져 버리는 연약한 존재로 격하되었다는 사실이.

"복수는 좋아. 날 지옥으로 처넣었던 원흉들을 찾아서 하나씩 박살 낼 때마다, 아무도 가르쳐 주지 않았던 인생의 의미가 뭔지 알 것 같고 행복감이 가슴속에서 솟아나. 하지만 그건 마치 하늘을 수놓는 불꽃놀이 같은 거야."

밤을 밝히며 타오르는 불꽃놀이의 불꽃처럼, 그 순간에만 의미가 있다.

그 순간이 지나고 나면 이비연은 다시금 공허함과 두려움에 시달린다.

그토록 돌아오길 갈망했던 세상이었다. 그런데 이비연은 이 세상을 사랑할 수가 없었다.

자신이 알던 시대는 사라졌다. 이 시대는 온통 낯설기만 해서, 그녀는 자신의 기억과 달라진 세상의 모습을 보는 것 자체가 고통스러웠다.

자신이 그리워하던 사람은 모두 죽었다. 가족도, 친구도… 아무도 남지 않았다.

정말로 남아 있길 바랐던 사람들은 모두 죽었고, 어떻게 되건 상관없었던 사람들만이 살아남았다.

때때로 이비연은 그 사실에 화가 치밀었다. 운명의 부조리함에 분노해서 눈에 보이는 모든 것을 부숴 버리고 싶은 충동에 시달렸다.

그것이 이비연의 두려움이었다.

세상은 사랑스럽지 않았고, 그녀의 변덕만으로도 부서질 정도로 연약했다. 그리고 그녀에게는 세상을 향한 파괴적 충동이 존재하고 있었다.

"난 알고 싶어. 복수가 나를 치유해 줄 수 있는지, 그리고… 더 이상 싸워야 할 적이 남지 않았을 때도 내가 사람으로 살아갈 수 있을지."

"언니한테는 선생님이 있잖아."

가만히 듣고 있던 리사의 한마디에 이비연이 움찔했다.

"두 사람은 참 닮았어. 날 보면서 하는 소리까지 똑같은걸."

그렇게 말하는 리사는 쓴웃음을 짓고 있었다.

그녀는 용우가 자신을 거두고, 복수를 도와주면서 품었던 마음을 알고 있었다. 용우가 그 마음을 말한 적은 없지만, 그가 보이는 태도, 자신을 보는 눈, 가끔 흘리는 말만으로도 충분했다.

"선생님도, 언니도… 서로가 있는 한은 괜찮을 거야."

두 사람은 놀라울 정도로 닮아 있었다. 오로지 두 사람만이 공유할 수 있는 과거를 가졌고, 두 사람만이 이해할 수 있는 상처를 공유했다.

리사는 그 닮아 있음을 느낄 때마다 때로는 부럽고, 때로는 오싹함을 느낄 때가 있었다.

"…그럴까?"

자신 없는 목소리로 묻는 이비연을 리사는 가만히 바라보았다. 이 처참한 파괴와 살육의 현장 속에서, 그녀는 기괴하게도 그 나이 또래의 소녀처럼 보였다.

그 사실이 우스워서, 리사는 웃고 말았다.

"응. 내가 장담할게. 내가 이래 봬도 선생님도, 언니도 롤 모델로 봤던 사람이잖아."

이비연은 그런 그녀를 가만히 보다가 미소 지었다.

"고마워."

\*　　　　\*　　　　\*

4월 말.

용우는 대만의 대도시, 타이중에 와 있었다.

물론 관광차 온 것은 아니다. 대만 정부에서 50미터급 게이트 공략을 팀 섀도우리스에게 의뢰했기에 온 것이다.

대만의 헌터 전력은 작년 말에 터진 타이베이 게이트 브레이크 때 큰 타격을 입었다. 당시 45미터급 게이트를 공략하기 위해 투입된 헌터 전력들이 거의 전멸하다시피 했던 것이다.

물론 대만은 허우룽카이의 비호하에 세계 7대 헌터 강국으로 발전한 국가였고 아직도 여력이 있었다. 용우와 스펠 스톤을 거래해서 자국의 전력을 강화 중이기도 했다.

하지만 대만은 이 시점에서 위험한 다리를 건너고 싶어 하지 않았다.

또다시 최정예 헌터 전력을 잃는 위험을 감수하기보다는 팀 섀도우리스를 불러들이는 쪽을 택한 것이다.

이 작전에 투입되는 인원은 용우, 이비연, 유현애, 이미나 네 명뿐이다.

하지만 전원이 참가하지 않는다고 불만을 표하는 목소리는 없었다.

대규모 작전이 되어야 할 50미터급 게이트 공략 작전이라도 팀 섀도우리스 중 네 명만 나서면 충분하다. 그 사실을 대만 측에서도 인정하고 있었기 때문이다.

용우는 게이트 진입 전에 김은혜와 통화하고 있었다.

"거기서 더 올렸다고?"

[네. 선금으로 지급할 계약금 500억 달러, 성공 보수 500억 달러를 제시하고 있어요.]

"총 1,000억 달러 베팅이라니, 이건 확실히 미친 금액이군."

[영국인들의 집착이 이 정도일 줄은 몰랐어요.]

"난 그 집착보다도 재력이 더 놀라운데."

용우가 혀를 내둘렀다.

김은혜가 이야기하는 것은 영국에 자리 잡은 9등급 몬스터, 폭풍용 공략 의뢰였다.

인류가 공략불가라는 결론을 내린 폭풍용의 존재로 인해, 영국은 멸망한 지 14년이 지난 지금도 재해 지역으로 남아 있었다.

하지만 영국인들은 세계 각지로 흩어져서 살아남았다. 어떻게 해서든 영국을 되찾고 싶어 하는 그들은 어떻게든 팀 섀도우리스를 움직이고자 했다.

"내 대답은… 알지?"

[그럴 줄 알았어요. 하지만 왜죠? 마력석 때문만은 아니실 듯한데…….]

용우는 탐욕스럽게 마력석을 모으고 있었다. 아무리 대량으로 모아도 중요한 전투를 한번 치를 때마다 펑펑 날아가니 그럴 수밖에 없었다.

돈은 이미 넘치도록 많으니, 아무리 큰 금액이라도 돈만을 대가로 제시하면 매력을 느끼지 못한다.

하지만 이 의뢰를 받아들인다면 마력석 수급에도 큰 도움이 될 것이다. 9등급 몬스터 폭풍용을 쓰러뜨리는 과정에서 영국 전역을 점령한 몬스터들도 대량으로 처치하게 될 테니까.

[9등급 몬스터 사냥은 충분히 가능하잖아요?]

"물론 가능하지. 이유는 두 가지야."

당장에라도 영국 한복판으로 텔레포트한 뒤 영국 전역의 몬스터들을 싹 쓸어버리고, 폭풍용도 손쉽게 요리할 수 있다.

"일단 영국을 수복하는 건 급한 일이 아니지."

영국은 이미 멸망한 지 오래된 땅이다.

그리고 폭풍용 역시 영역 의식이 강하기에 영국을 나와서 유럽 본토를 공격하진 않는다. 폭풍용을 잡는 것은 긴급성이 없는 일인 것이다.

"그리고 폭풍용을 처치하면, 그 후폭풍이 장난 아니겠지."

팀 섀도우리스는 규격 외의 초인 집단이다.

그들이라면 9등급 몬스터를 충분히 사냥할 수 있을 것이라는 게 중론이었다.

하지만 다들 해낼 수 있을 거라고 생각하는 것과, 실제로 해내는 것은 전혀 다르다.

인류가 대적 불가로 여겼던 9등급 몬스터를 처치한다.

그 사실이 세계에 던지는 충격은 어마어마할 것이다.

"지금은 그런 일에 신경 쓸 여유가 없어. 우린 사실 힘든 고비를 넘는 중이다."

[하긴 끝이 멀지 않았다고 했었죠. 9등급 몬스터 사냥을 힘든 척하면서 할 때는 아니겠네요.]

김은혜는 팀 섀도우리스의 이미지 관리도 책임지고 있었다.

팀 섀도우리스가 9등급 몬스터를 사냥하더라도, 그들에게

9등급 몬스터가 한주먹거리도 안 되는 그림이 연출되어서는 안 되었다. 인류의 염원을 받은 그들이 힘겨운 전투 끝에 절망적인 재해를 물리치는 게 이상적인 그림이었다.

그리고 용우가 그녀에게 말해준 시나리오대로라면 지금은 그런 이미지 마케팅에 심력을 소모할 때가 아니었다.

[하지만 이 의뢰를 거절하는 건 정말 마음이 아프네요. 진짜 국가 경제급 의뢰인데…….]

"확실히 1,000억 달러쯤 되니 지금의 나한테도 비현실적으로 다가오는군. 하지만 돈은 이미 넘칠 정도로 벌고 있으니까."

용우는 실소하며 통화를 끊었다.

3

팀 섀도우리스는 대만 타이중의 50미터급 게이트 공략 작전을 불과 1시간 40분 만에 완벽하게 마무리 지었다.

그것도 네 명만이 투입되었다는 점을 고려해서 적당히 한 결과였다. 유현애와 이미나는 변신을 하지 않은 채로 전투를 수행한 것이다.

대만 정부로부터 거금과 대량의 마력석을 성공 보수로 받은 그들은 다시 긴급한 의뢰가 들어오기 전까지 휴식에 들어갔다.

하지만 용우와 이비연 두 사람만은 곧바로 비공식적인 전투에 나서고 있었다.


*       *       *


지구 곳곳에는 재해 지역이 존재하고 있었다.

인류의 관리를 벗어난 땅.

그 땅에는 무수한 몬스터들이 자리 잡고 있었고, 이 순간에도 꾸준히 게이트 브레이크가 일어나면서 그 수를 늘려가고 있었다.

용우는 그 한복판을 거닐고 있었다.

"역시 남아 있었군."

마력석 수급을 위해 지구 곳곳의 재해 지역을 헤집고 다니던 용우는 군단의 거점을 발견했다.

이번이 처음은 아니었다. 괌 전투 이후로 발견한 것만 세 번째다.

"골치 아프군. 그렇다고 이걸 다 정리하고 나서 움직일 수도 없고……."

생각해 보면 당연한 일이었다.

괌 전투 때는 18명의 타락체가 나타났다. 아무리 적게 잡아도 대여섯 개의 거점이 만들어졌다는 뜻이다.

그리고 타락체가 죽어도 그 거점 자체는 유지된다. 지휘관 개체들이 있기 때문이다.

"지구 전체를 샅샅이 헤집지 않는 한 찾을 수 없는 놈들이 잖아. 다 찾기 전에 새로운 거점이 생길걸. 구세록 문제부터 해결하는 게 올바른 순서라고 봐."

"역시 그렇겠지. 이놈들도 이제 대응 매뉴얼이 확실해져서 거점 하나 줄이는 것 이상의 소득은 기대할 수 없으니……."

처음에는 군단의 거점을 발견할 때마다 지휘관 개체들을 고문해서 정보를 얻을 수 있었다.

하지만 그런 일이 몇 번 반복되자 군단은 극단적인 대응책을 내놓았다.

용우가 거점 근처에 나타나면 그 순간 곧바로 지휘관 개체들이 빙의를 풀고 이탈했던 것이다.

그들 입장에서는 효율적인 선택이었다. 그들은 용우가 어떻게 자신들을 발견하는지 알 수 없었기에, 용우에게 발각될 가능성이 생긴 시점에서 도망치는 게 최선이었다.

부르르…….

문득 용우의 주머니 속 휴대폰이 진동했다. 휴대폰을 본 용우가 말했다.

"일단 돌아가자."

"누구야?"

"차준혁."

차준혁이 용우에게 메시지를 보냈던 것이다.

"아, 오늘이지 참."

용우가 루가루에게서 진실을 알아내고 타카야마 준이치를 구한 그날 이후 일주일이 흘렀다.

그동안 용우는 바쁘게 움직였다.

공식적인 일정은 대만 타이중의 50미터급 게이트를 공략한 게 전부였다. 하지만 이비연과 둘이서 전 세계의 재해 지역을 들쑤시고 다녔고, 곧 닥쳐올 싸움에 대비해서 비밀 공간에서 필요한 것들을 준비했다.

그런 한편 기다리고 있었다.

팀 섀도우리스에 발생한 문제의 원인이 된 팀원들이 스스로 결정을 내리기를.

*      *      *

차준혁은 한국에서는 슈퍼스타라고 할 수 있었다. 그만이 아니라 팀 섀도우리스의 멤버 중 얼굴을 드러낸 자들은 다들 그랬다.

팀 섀도우리스가 활동하기 시작한 후로 차준혁의 일거수일투족이 주목받았다. 백발 때문에 외모도 눈에 띄는 편이라, 어디 나가기만 하면 파파라치에게 사진이 찍혀서 기사가 뜨고는 했다.

차준혁은 유현애와 달리 대중의 관심을 즐기는 성격이 아니다.

그래서 그는 철저하게 가진 능력을 써먹었다. 공식 석상처럼 꼭 모습을 드러내야 하는 상황이 아니라면 은신과 텔레포트로 시선을 피한 것이다.

그래서일까?

오랜만에 모습을 드러낸 차준혁에 대한 관심은 폭발적이었다.

그가 평범하게 집에서 차를 타고 나와서 약속 장소에 도착할 때까지, 수많은 사람이 카메라로 촬영하고 목적지에 먼저 모여든 기자들이 돌격해 와서 질문을 던져댔다.

"고생 많았어, 스타 양반."

천신만고 끝에 팀 섀도우리스의 회의실에 도착한 차준혁에게, 용우가 씩 웃으며 음료수 캔을 던져주었다.

그것을 받아 든 차준혁이 기진맥진한 얼굴로 의자에 앉았다.

"…죽겠군."

차준혁은 문자 그대로의 초인이다. 그럼에도 몰려든 기자들의 등쌀에 진이 빠져 버렸다.

"현애는 어떻게 매일 이런 걸 견디고 사는 거지?"

"걔는 너처럼 꽁꽁 숨어 살지 않으니까. 적당히 자기를 노출해 줘서 그런지, 한 번 한 번에 쏟아지는 관심은 덜하지."

"당연하게 쓰던 능력들이 사라지니 정말 힘들긴 하군."

차준혁이 괜히 평범하게 차를 타고 나온 게 아니다.

지금의 그는 은신도, 텔레포트도 쓸 수 없었다.

용우가 물었다.

"변장이라도 하지 그랬어?"

"나도 중간에 그런 생각을 하긴 했지만… 집에서 나오는 순간부터 추적당해서 별 의미는 없었을 거다."

"그건 그렇군. 어쨌거나… 결심은 섰어?"

용우의 물음에 차준혁이 쓴웃음을 지었다.

"마음은 첫날 이미 정했다. 하지만 내가 그때 바로 결정을 내렸다고 말하는 건, 브리짓과 휴고에게 너무 심한 짓을 하는 것 같아서 기한까지 기다렸지."

"그랬군. 그럼……."

"광휘의 검을 넘겨주지."

차준혁이 자신의 결정을 말했다.

＊　　　＊　　　＊

구세록의 사도를 자처하는 자, 루가루를 제압하고 나서 팀 섀도우리스에게는 생각지도 못한 일이 발생했다.

구세록의 계약자들이 힘을 잃었다.

차준혁과 브리짓은 본신 마력과 스스로 보유한 스펠을 제외한 모든 힘을 쓸 수 없게 되었다.

성좌의 무기를 소환할 수는 있지만, 그 힘을 끌어내어 쓸 수가 없다.

당연히 변신도 할 수 없었다.

뿐만 아니라 정보 공간에도 들어갈 수 없고, 탐지 능력도 쓸 수 없었다.

구세록의 계약자로서 활용하던 모든 권능을 박탈당한 것이다.

그 사실이 의미하는 바는 간단했다.

구세록은 명확한 의지를 갖고 있으면서도, 그 존재를 비밀로 감춘 채로 구세록의 계약자들을 농락하고 있었다.

그리고 그들은 구세록의 계약자들에게 제공된 권능을 뜻대로 컨트롤할 수 있다.

'너희들은 우리 손바닥 위에서 춤추는 존재다. 주제 모르고 기어오르지 마라.'

마치 그렇게 말하는 것 같았다.

차준혁이 물었다.

"놈들이 바라는 건 뭘까?"

"통제겠지."

"그 뜻을 전달하지 않고 침묵하는 이유는?"

구세록의 의지는 차준혁과 브리짓으로부터 힘을 거두어갔을 뿐, 직접적인 메시지는 전혀 전해오지 않았다.

"뻔한 수작이지. 힘을 잃고 초조하게 만든 다음, 궁지에 몰렸을 때 구원의 손길이라도 내밀 생각 아니었을까?"

"길들이기라는 거군."

"우리 모두를 길들이고 싶었겠지. 그럴 수 있다고 믿었을 거고."

용우가 조소했다.

루가루의 태도를 보면 구세록의 의지가 어떤 놈인지도 짐작이 간다.

놈들은 자신들이 쥐고 있는 권한을 절대적으로 신뢰하고 있었으리라. 온라인 게임의 운영진이 유저에게 하듯, 자신들이 성좌의 무기를 가진 자들을 뜻대로 컨트롤할 수 있다는 자신감을 가졌던 게 틀림없었다.

"확신하지 않았다면 그런 실수를 저지르지 않았을 테니까."

자신들의 힘을 믿어 의심치 않았기에, 그들은 한계를 적나라하게 드러내는 실수를 저지르고 말았다.

"루가루와 다를 게 없지. 수준이 똑같은 것들이야."

용우와 이비연은 여전히 성좌의 무기를 멀쩡하게 쓸 수 있었다.

용우로부터 힘을 받는 세 사람, 리사와 유현애와 이마나 역시.

구세록의 시스템 권한을 쥔 존재들조차 성좌의 무기의 소유자일 뿐 계약자가 아닌 용우와 이비연을 통제할 수 없다는 뜻이었다.

차준혁이 말했다.

"그 사실이 증명된 시점에서 내 답도 정해져 있었다."

용우는 차준혁과 브리짓에게 성좌의 무기를 자신에게 넘길 것을 요구했다.

차준혁은 고민할 필요가 없는 문제라고 생각했다. 그것만이 광휘의 검을 의미 있게 쓰는 길이었으니까.

"캡틴, 넌 왜 우리에게 굳이 일주일이라는 시간을 준 거지?"

"일단 난 네가 그렇게까지 광휘의 검에 집착이 없을 줄 몰랐어."

차준혁 입장에서 보면 광휘의 검은 다니엘 윤으로부터 물려받은 결의의 상징 같은 물건일 것이다. 당연히 크나큰 애착이 있을 것으로 생각했다.

차준혁이 쓴웃음을 지었다.

"애착이야 있지. 하지만 중요한 건 선생님이 내게 맡기신 뜻이지 무기가 아니니까."

"그렇군. 어차피 구세록 문제를 해결하기 위해서는 준비가 필요하기도 해서, 내 나름대로는 배려한답시고 일주일을 기다린 거였는데……."

"어설픈 짓이었다. 배려도 평소에 하던 사람이 해야지."

"……."

용우가 한숨을 쉬었다. 확실히 용우는 지구로 돌아온 지 제법 시간이 흐른 지금도 사람을 대하는 게 힘들었다.

차준혁이 물었다.

"만약 내가 광휘의 검을 안 넘기겠다고 했다면 어쩔 셈이었지? 브리짓과 휴고는 그럴 수도 있다고 보는데."

브리짓과 휴고는 차준혁과는 입장이 달랐다. 그들은 미국을 수호한다는 의식이 확고했으니까.

그들 입장에서 용우와 이비연에게 모든 성좌의 무기를 몰아주는 것은 쉽지 않은 선택일 것이다. 미국의 안전과 이익을 보장할 최후의 수단을 넘겨 버리는 셈이니까.

그리고 용우와 이비연의 정신 상태를 절대적으로 신뢰해도 되느냐의 문제도 있었다. 두 사람이 품은 불안정함이 폭주했을 때, 미력하나마 그에 맞설 수 있는 수단이 있느냐 없느냐는 천지 차이 아니겠는가?

"그러면……."

띠리리리리.

용우가 대답하기 전에 휴대폰이 울렸다.

전화를 건 상대방이 누군지 확인한 용우는, 휴대폰을 회의실의 시스템과 연결했다. 그러자 벽면의 대형 스크린이 영상통화를 위한 출력 장치가 되었다.

[오래 기다리게 해서 미안합니다, 제로.]

스크린에 출력된 영상에서는 브리짓 카르타와 휴고 스미스가 긴장한 표정을 짓고 있었다.

카메라에 비친 차준혁을 본 브리짓이 물었다.

[차준혁, 당신은 결정을 내린 겁니까?]

"난 넘기기로 했다. 너희는 어쩔 생각이지?"

브리짓은 곧바로 대답하는 대신 용우에게 물었다.

[제로, 우리가 뇌전의 사슬을 넘기지 않겠다고 하면, 어떻게 할 겁니까?]

"그럼 그 뜻을 존중해야지."

[…….]

"왜?"

[아니, 어떻게든 넘기게 만들 줄 알았는데…….]

브리짓이 아니라 휴고가 자기도 모르게 한마디 했다.

"야, 넌 날 뭐로 보는 거야? 내가 무슨 양아치냐?"

용우가 어이없어했다. 하지만 곧 피식 웃고 말았다. 자신의 행동 방식이 과격함을 부정할 수 없었기 때문이었다.

"만약 두 사람이 적이라면 그랬겠지. 아니, 딱히 적은 아니더라도 애매한 관계 정도만 됐어도 그랬을지도 모르고."

용우는 프리앙카나 사다모토 아키라가 딱히 그와 적대관계가 되지 않았음에도 그들에게서 성좌의 무기를 강탈할 생각이었다.

하지만 브리짓과 휴고는 지금까지 함께 목숨을 걸고 싸워온 동료였다. 용우는 고작 효율성을 좀 더 높이겠다는 이유로 그들과의 관계를 시궁창에 처박을 마음이 없었다.

"만약 그럴 마음을 먹었으면 일주일을 기다리겠다고 할 이유가 없잖아. 괜히 일만 복잡하게 만드는 셈이고."

[그렇군요.]

"그럼 뇌전의 사슬은 그대로 갖고 있겠다는 것으로 알지."

[아뇨. 넘겨 드리겠습니다.]

"음?"

용우가 놀랐다.

"진심이야?"

[예.]

"왜지?"

[그게 옳은 선택이라고 판단했기 때문입니다. 사실 휴고에게 넘겨서, 휴고가 계약자가 아닌 상태를 유지하면 괜찮지 않을까도 생각해 봤습니다만……]

하지만 휴고는 용우에게서 힘을 받는 리사, 유현애, 이미나와 같은 것 같으면서도 달랐다.

그는 오래전부터 구세록의 계약자인 브리짓에게 힘을 받아서 셀레스티얼로 변신해 왔다. 그 영향이 없을 것 같지 않았다.

[그렇다면 완전히 그들의 통제 밖에 벗어난 당신들에게 맡기는 게 낫다고 생각했습니다. 무엇보다 그게 승산이 더 높을 것 같았고요.]

"믿어줘서 고맙군. 쉽지 않은 결정이었을 텐데."

[많이 고민하긴 했습니다. 하지만 어머니가 그러시더군요. 당신과 손잡은 것 자체가 돌이킬 수 없는 선택이었으니까 이제 와서 망설일 필요 없다고.]

"그거 욕이지?"

[글쎄요. 어쨌든 우리가 무능해진 관계로 이쪽에 와서 받아가 주십시오.]

"그러지."

통화를 끊은 용우는 이비연과 함께 미국으로 텔레포트했다.


그리고 마침내 성좌의 무기 일곱 개가 서용우와 이비연, 두 사람의 0세대 각성자에게 모였다.

Chapter52

# 구세록

# 1

이 모든 것의 시작은 어디서부터였을까?

진실은 아무도 모른다. 오랫동안 군단의 일원이었던 이비연조차도 진실을 알지 못했다.

그럼에도 지구에는 분명한 실마리가 존재하고 있었다.

"구세록이지."

지구 인류는 2012년 대실종을 시작으로 그 이전의 역사 속에서는 상상도 할 수 없는 대격변을 맞이했다.

그 모든 것은 구세록의 출현으로부터 시작되었다.

대실종으로 24만 명이 어비스에 떨어진 것도,

퍼스트 카타스트로피도,

권희수 박사나 차준혁처럼 특수한 능력을 가진 사람들이 나타나게 된 것도,

그리고 각성자 튜토리얼을 통해서 각성자들이 출현하게 된 것도…….

모두 구세록으로부터 비롯된 사태였다.

인류는 구세록으로 인해 변화했고, 구세록으로 인해 구원받은 셈이다.

그러나 구세록을 좋게 보기에는 너무 수상한 점이 많았다.

"언젠가는 부딪쳐야 할 문제였어."

용우는 함께 캄캄한 동굴 속, 지하 300미터 지점을 걸으며 말하고 있었다.

대만 가오슝.

과거 허우룽카이가 구세록과 만난 장소였다.

"이게 구세록이구나."

이비연이 중얼거렸다.

그들의 앞에는 소재를 알 수 없는, 매끈한 표면의 거대한 검은 기둥이 자리하고 있었다.

구세록이었다.

대만 가오슝의 구세록은 미국 애리조나의 구세록과 똑같았다. 공장에서 찍어낸 양산품처럼 다른 구석을 찾을 수 없는

모습이었다.

용우가 말했다.

"전에 두 개 이상의 구세록을 한곳에 모아보려고 했던 적이 있었지."

파지지지직!

격렬한 스파크가 발생하며 지하 공동이 뒤흔들리기 시작했다.

용우가 구세록을 아공간에 수납하려고 하자 강력한 반발력이 발생한 것이다. 구세록은 그 자리에서 움직이는 것 자체를 거부하고 있었다.

"하지만 보시다시피 안 됐어."

"봉인은 시도해 봤어?"

"완전히 무력화하더군. 단순히 힘으로 거부하는 게 아니라 봉인에 대한 대응 시스템이 존재하고 있어."

"계약자들에게 제공되는 것 이상의 권능이 잠재되어 있다는 거네."

"아니마만 봐도 알 수 있지."

허우룽카이는 구세록에 히든 페이지가 존재한다고 증언했다.

팬텀의 데이터에 연구 과정이 전혀 기록되어 있지 않은 A타입 아니마의 제조법, 그리고 아니마를 먹은 자 중 팔라딘과 셀레스티얼의 그릇이 될 수 있는 적합자를 알아내는 기술도 구세록의 히든 페이지로부터 얻은 것이다.

"그건 기술이라기보다는 '기능'이라고 해야겠지만."

일일이 정밀 검사를 해보고 알아내는 것도 아니고 원거리에서 탐지하는 것으로 알아내다니, 지금 인류의 기술로 가능한 일이 아니지 않은가?

"루가루가 말한 타락체의 위치를 탐지하는 방법처럼, 구세록이 사용을 허가한 '기능'이었을 거야."

일곱 명의 계약자 중에 미켈레와 엔조 모로, 허우룽카이 셋에게만 은밀하게 그 기능을 알려주고, 사용하도록 허가한 것만 봐도 구세록의 의지가 얼마나 음흉한 것인지 알 수 있었다.

"하지만 구세록이 그 기능의 근원은 아니겠지."

용우와 이비연, 두 사람의 손에 있는 성좌의 무기가 그 사실을 증명한다.

성좌의 무기는 구세록으로부터 힘을 받아오는 게 아니다. 그 자체로 거대한 힘을 갖고 있었다.

"놈들이 가진 것은 '권한'뿐."

구세록은 성좌의 무기의 힘을 쓸 수 있게 권한을 줄 수도, 빼앗을 수도 있다.

하지만 그들이 지닌 구속력은 어디까지나 구세록의 계약자에게만 통용된다.

이비연이 말했다.

"그럼 가자."

"……."

"왜?"

"정말 같이 가야겠어?"

용우가 진지하게 물었다.

두 사람이 여기 와 있는 이유는, 루가루에게서 알아낸 진실 때문이다.

구세록의 내부에는 정보 세계가 존재하고 있었다.

그 세계는 구세록의 의지라 할 수 있는 자들의 본거지였다. 루가루 또한 그 세계의 주민이었다.

용우와 이비연은 이제부터 그 세계로 침입하여, 그 의지와 결판을 낼 생각이었다.

하지만 이번에는 군단의 세계에 침입할 때와는 경우가 달랐다.

그 경우에는 언제나 지휘관 개체나 군주 개체처럼, 그쪽 세계에 본신을 두고 지구의 존재에 빙의한 자들이 있었다.

용우 역시 본체는 지구에 둔 채로 그들의 연결을 따라서 정신체만을 보냈었다.

그러나 구세록의 내부 세계로 침입할 때는 그럴 수가 없다.

루가루만 해도 꿈의 세계를 통해서 몽상가인 타카야마 준이치와 접촉, 완전히 정보 세계에서 물질세계로 이동한 존재였다.

따라서 이번에는 용우와 이비연도 육체를 지구에 남기지 않고 완전히 정보 세계로 이동하는 방식을 써야 한다.

군단의 세계에 침입했을 때처럼 언제든지 이탈하는 것은 불가능했다. 일단 진입해서 적과 싸우기 시작하면 쉽사리 빠져나올 수 없는 것이다.

물론 이비연도 그 사실을 잘 알고 있었다.

"나 없이 오빠 혼자서도 잘할 수 있을 것 같아?"

"그럴 수도 있지."

"만약 그렇지 못하다면?"

"그래도 너는 지구에 남을 거 아냐."

"의미 없어."

이비연이 고개를 저었다.

"만약 여기서 오빠를 잃는다면… 오빠가 없는 세상을 내가 오래 참아줄 수 있을 것 같지가 않아."

그 말에 용우가 잠시 그녀를 바라보다가 물었다.

"다른 사람들이 좋아지진 않았냐?"

"좋아졌지."

시간이 지날수록 이비연도 조금씩 사람들에게 정을 붙이고 있었다.

서우희도, 리사도, 유현애도 좋았다. 이비연에게 조금이나마

이 세상에 자신이 살아가고 있다는 리얼리티를 느끼게 하는 사람들이었다.

"하지만 부족해. 오빠를 잃게 되면, 그 아픔을 감당할 자신이 없어."

용우를 잃더라도 이비연에게는 복수심이 남을 것이다. 증오가 남을 것이다.

그 감정들은 군단과 싸울 동기로는 충분할지도 모른다.

하지만 세상을 지켜야 할 동기가 되진 못한다.

이비연은 그 사실을 확신하고 있었다.

"어쩌면 나는 오빠 없이도 군단과 싸워서 이길 수 있을지도 몰라. 하지만 그 싸움이 끝나고 나면 이 세상을 견딜 수 없을 것 같아."

"……"

"오빠, 미련을 버려. 나는 오빠와 함께 싸울 수는 있어도 오빠가 뒤를 맡길 안전장치는 될 수 없어."

"…그렇구나."

용우가 체념의 한숨을 쉬었다.

이미 예상하고 있던 대답이었다.

용우가 달라진 세상을 실감할 수 있었던 것은 우희가 있어준 덕분이다. 유일하게 살아남은 가족의 존재가 현실의 닻이 되어주었기에, 용우는 조금씩 이 세상에 적응할 수 있었다.

만약 우희마저 죽었다면, 용우는 자신이 이 세상에 적응했을 거라고 자신할 수가 없었다.

"오빠가 죽을 생각이라면, 차라리 나와 같이 죽는 게 현명한 일이야. 우리 운명은 이미 일심동체나 다름없다는 걸 받아들이라고."

용우는 그녀를 잠시 바라보다가 피식 웃고 말았다.

"그래."


＊　　　＊　　　＊


기록이란 곧 정보다.

인류의 역사는 기록함으로써 성립되어 왔다.

시작은 어설픈 그림과 조각, 불확실한 인간의 기억에 의존하는 구전(口傳)이었다. 그리고 문자를 이용하는 경지로 발전한 뒤로는 보다 많은 문자를 오랜 시간 동안 보존할 수 있는 방법의 연구로 이어졌다.

종이의 발명으로 인한 혁신, 거기에 인쇄술의 발달로 문명이 기록하는 정보량은 정점에 달한 것만 같았다.

그러나 그다음에는 소리를 저장할 수 있게 되고, 영상 그 자체를 기록하는 경지가 기다리고 있었다…….

'이게 제1세계의 역사인가?'

지금은 디지털 데이터로 인해 1세기 전의 모든 기록을 합친 것보다 많은 정보량이 하루하루 기록되고 있는 시대.

그런 시대를 살아가는 용우는 인류가 도달한 기록의 경지 그다음을 보고 있었다.

생생한 가상현실이 이러할까?

정보 그 자체로 이루어진 정보 세계는 이제는 사멸한 세계가 존재했던 순간을 고스란히 저장해 두고 있었다.

해 질 녘 들판을 스쳐 가는 산들바람이,

높은 산에서 내려다보이는 도시의 웅장함이,

끝없이 펼쳐진 푸른 바다의 아름다움이 고스란히 기록되어 있다.

"놈의 말대로군."

용우는 무수한 정보의 집합체들 사이를 지나며 중얼거렸다.

루가루는 지옥 같은 고통에서 해방되기 위해 많은 정보를 말해주었다. 적어도 그 자신은 진실이라고 믿고 있는 정보를.

하지만 루가루 역시 하수인에 불과했다. 그렇기에 용우는 그가 말한 정보를 100퍼센트 신뢰하지는 않았다.

문득 이비연이 중얼거렸다.

"이건 좀 부럽네."

"뭐가?"

"무한히 과거를 곱씹을 수 있잖아."

추억을 되새기는 것과는 다르다. 정말로 그 순간을 생생하게 되풀이할 수 있는 것이다.

이제는 죽은 가족의 사진조차 갖지 못한 이비연 입장에선 정말로 부러운 일이었다.

"그것도 이제 끝이야."

용우가 차갑게 단언했다.

두 사람은 무수한 정보 집합체들의 군집 너머로 향했다.

문득 이비연이 허공을 올려다보며 말했다.

"들켰어."

"역시."

루가루는 구세록의 세계로는 절대로 몰래 진입할 수 없다고 말했다. 그 말대로 구세록의 세계의 문턱이라고 할 수 있는 이곳, 무수한 정보 집합체들의 군집 영역을 지나는 순간 그 사실이 알려진다.

이 세계의 주인들, 구세록의 의지라 할 수 있는 자들…….

"이게 초월권족의 기적인가? 타락체하고 다르지 않군."

용우가 중얼거렸다.

구세록의 의지는, 제1세계를 지배하던 초월권족이다.

제2세계와 달리 그들은 전쟁에서 패하지 않았다. 하지만 이기지도 못했다.

이기지도, 지지도 않은 채로 뒷일을 다른 세계로 떠넘기고 지금까지 모든 것을 지켜보고 있었다.

이비연이 물었다.

"어쩔까?"

"일단은 거만한 놈들의 낯짝을 봐야겠지."

용우와 이비연은 긴 문턱을 지나서 구세록의 세계에 발을 디뎠다.

*　　　　*　　　　*

라지알은 눈을 떴다.

"벽이 옅어졌다……?"

그는 당혹감을 느끼며 중얼거렸다.

지구 곳곳에 거점을 만들고 실시간으로 정보를 받고 있었기에 알 수 있었다.

일곱 기둥으로부터 비롯되는 힘이 급격히 약해지고 있다. 군단의 진입에 제약을 거는 장벽의 밀도가 크게 옅어진 것이 감지되었다.

"무슨 일이 일어난 거지?"

비슷한 일들이 꾸준히 일어나기는 했다. 서용우가 구세록의 계약자들을 죽일 때마다 벌어진 현상이다. 하지만 이 정도로 급격한 경우는 처음이었다.

〈어떻게 된 것인지는 모르겠지만, 기회다.〉

광휘의 데바나가 말했다.

군단은 남은 자원을 대량으로 투입하는 대공세를 준비하고 있었다. 이대로 가다가는 말라 죽을 수밖에 없다고 판단했기에 승부를 걸기로 한 것이다

지금까지 당한 일을 되풀이하지 않기 위한, 위험도를 최소화하는 안전장치도 투입했기에 다들 전의를 불태우고 있었다.

대지의 트라드가 말했다.

〈아직 준비가 완전하지 않다. 이게 놈들의 함정일 수도 있지 않은가?〉

〈무슨 소리! 어차피 이번 공격은 자폭 공격이나 다름없다! 이런 기회를 놓쳐서는 안 돼! 당장 쳐야 한다!〉

뇌전의 에우라스가 호전적으로 외쳤다.

데바나가 물었다.

〈라지알 장군, 지금 당장 공격을 개시하더라도 그 의식은 쓸 수 있나?〉

그들이 이번 대공세를 결심한 이유는 라지알이 제공하기로 한 안전장치를 믿기 때문이었다.

제1세계의 초월권족 출신, 그중에서도 가장 고귀한 신분이었던 라지알은 놀라운 비술들을 다수 터득하고 있었다. 그리고 이번에 그가 공개한 비술은 군주들도 감탄할 만한 것이었다.

"가능하다."

〈역시 지금 공격해야 한다. 무슨 일인지 모르겠지만 놈들이

약점을 드러낸 게 분명해. 회복할 시간을 줘서는 안 된다.〉

데바나와 에우라스가 찬성했고, 트라드는 반대했다.

결정권을 쥔 라지알은 잠시 고민했다.

'어차피 잘 풀리고 있었는데 시기까지 앞당겨 지다니… 운명이 내 등을 떠밀어주는 것 같군.'

그는 절로 웃음이 나올 것 같은 기분을 참으며 고개를 끄덕였다.

"좋아. 간다."

그리고 군단이 움직였다.


2


황금의 들판이 펼쳐져 있었다.

비유가 아니다. 서서히 서쪽으로 저물어가는 태양 아래 정말로 금빛을 발하는 광활한 들판이 펼쳐져 있었다.

용우와 이비연이 구세록의 세계로 진입하자마자 기다리고 있는 풍경이다. 하지만 두 사람은 놀라지 않았다.

이비연이 중얼거렸다.

"하늘 빛깔은 다르지만… 참 옛날 생각나게 하는 풍경이네."

어비스에서 비슷한 풍경을 봤던 경험이 있기 때문이다.

이 들판의 풀들은 태양이 떠 있는 동안 햇빛을 흡수해서 마력을 비축하는 성질을 지닌 특수한 성질을 가졌다. 어비스에서는 그 성질을 이용해서 몬스터들을 죽이는 부비 트랩으로 활용하기 좋았다.

"알기 쉬운 세계군."

용우의 시선이 먼 곳으로 향했다.

들판 너머, 아득히 먼 곳에 빛의 기둥 일곱 개가 뻗어 있었다.

하늘과 땅을 이으며 뻗어 나간 그 기둥을 이루는 빛은 일곱 성좌가 발하는 빛과 같은 색이다. 분명 저곳이 세계의 중심이리라.

용우가 물었다.

"결계는?"

"주변에는 없어. 저 진영에만 몇 개 구축되어 있네. 어떤 결계인지까지는 모르겠는걸."

"행동이 느린 건지 아니면 시간이 없었던 것뿐인지 모르겠군."

두 사람이 구세록 내부 세계로 진입해서 여기 도달하기까지는 채 10분도 걸리지 않았다. 그동안 두 사람을 맞이할 병력을 배치한 것만으로도 대단한 일일지도 모른다.

황금의 들판 너머에 1,000개체가 넘는 병력이 존재하고 있었다.

"와, 저거 오랜만이야."

이비연이 들판 너머에 포진한 적들 사이로 보인 커다란 덩치들을 가리키며 말했다.

언뜻 보면 그것은 육중한 갑옷을 입은 사람처럼 보였다.

하지만 아무리 전신을 두르는 갑옷을 입는다고 해도 키가 5미터가 넘는 사람은 없다. 저것은 그런 형태로 만들어진 무인 병기였다.

"골렘. 저것도 제1세계의 군사 병기였나?"

용우가 중얼거렸다.

어비스에서는 골렘이라 불렀던, 육중한 냉병기를 들고 몬스터와 격투전을 벌였던 존재였다. 원시적인 격투전 말고는 할 수 있는 게 없었지만 허공장을 가진 데다가, 몸과 무기에 마력을 실을 수 있어서 초창기에는 꽤 도움이 되는 존재이기도 했다.

"어비스에 있었던 것들과는 다른 것 같군."

"그쪽에는 고물들만 투입한 거 아냐?"

"그러게. 우리가 봤던 것들은 저급형이고 저것들은 고급형인가 본데."

어비스의 골렘들은 개체에 따라 편차가 있긴 했지만, 최대 4등급 몬스터 수준의 마력을 갖고 있었다.

하지만 저기 배치된 골렘들은 훨씬 수준이 높았다. 최소한 6등급 몬스터 수준이고 눈에 띄게 덩치가 큰 것들은 8등급 몬스터 수준의 마력이 느껴진다.

이비연이 말했다.

"상아인… 아니, 초월권족은 50명도 안 되네."

"딱 46명이군. 확실히 수가 적은 모양이야."

"아니면 몸을 사리는 놈들이 대부분이거나."

"그럴 가능성도 높지."

"근데 골렘 진짜 많다. 게다가 인간형만 있는 게 아니잖아?"

"사족보행형은 전차 역할인가? 아, 저건 비행형인가 본데."

골렘의 타입은 3가지였다. 중갑을 입은 인간형, 사족보행을 하는 짐승형, 날개를 가진 비룡형이었다.

그중에서 인간형과 짐승형은 크기가 여럿이었다. 인간형의 경우 20미터가 넘는 것도 있었고, 사족보행형 중에 제일 큰 것도 몸길이가 그 정도 되는 것 같았다.

용우가 말했다.

"몇 개는 샘플로 포획해 볼까?"

"정보 세계에서 포획해 봤자 무의미하지 않아?"

"뭐 그래도 시도는 해보자. 아티팩트급 장비처럼 양쪽을 오갈 수 있을지도 모르잖아?"

두 사람이 긴장감 없이 대화를 나누며 느긋하게 걷고 있을 때였다.

"멈춰라."

황금의 들판 너머에 포진한 군대에서 중후한 목소리가 들려왔다.

지구에는 존재하지 않는 언어였다. 하지만 텔레파시가 실려 있었기에 용우와 이비연은 그 의미를 또렷하게 알아들을 수 있었다.

"듣지 못했느냐? 멈추라고 명령했다."

하지만 두 사람은 멈추지 않았다. 완전히 그 말을 무시하고 계속 걷고 있었다.

"명령이라는데?"

"자기가 뭐라고 명령? 바보 아냐?"

심지어 상대가 알아들을 수 있도록 텔레파시를 실어가면서 비웃어대고 있었다.

그러자 말을 걸어온 초월권족이 분노했다.

"감히 죄인 주제에 존귀한 자의 명령을 무시하느냐! 죽어야 할 곳에서 죽지도 못한 놈들이!"

"나 이 패턴 지겨운데."

이비연이 심드렁하게 말하자 용우가 고개를 끄덕였다.

"이쯤 되면 그냥 쟤네 문화가 저렇구나 해야지. 쟤도 저렇게 저능해지고 싶어서 저런 건 아닐 거 아냐."

"응? 쟤네 문화가 저런 거면 쟤네 사회에서는 저게 훌륭한 사람의 태도일 수도 있잖아. 저렇게 되고 싶어서 저렇게 된 거 아닐까?"

"아, 그럴 수도 있겠군. 그럼 더더욱 동정해 줘야……."

두 사람의 대화를 들은 초월권족의 표정이 분노로 일그러졌다.

척 봐도 신분이 높아 보이는 자였다. 상앗빛을 띤 얼굴이 드러나는 투구는 황금색이었고, 하얀 바탕 위로 백금과 황금으로 화려한 무늬를 양각한 갑옷을 입고 있었다.

"뜨거운 맛을 보여줘라!"

그가 격노해서 외치자 천 개체를 넘는 병력이 움직이기 시작했다.

그러나 초월권족들은 움직이지 않는다. 골렘들만이 진군하며 공격을 가해왔다.

제일 먼저 비룡형 골렘들이 공격해 왔다.

고속으로 하늘을 날면서 지상을 향해 에너지탄을 다발로 떨군다. 수백 발의 에너지탄이 용우와 이비연을 덮쳤다.

콰콰콰콰쾅······!

그야말로 융단폭격이었다. 지구의 현대전과 비교해도 압도적이라고 할 만한 화력이 드넓은 황금 들판을 불태웠다.

그워어어어어!

그리고 인간형 골렘들이 움직였다. 한곳에 뭉쳐 있던 놈들이 넓게 퍼져가면서 포효하자 강력한 마력 파동이 퍼져 나갔다.

"안티 텔레포트 필드군. 스펠을 내장하고 있나?"

용우가 혀를 찼다.

인간형 골렘들 하나하나를 안테나 삼아서 퍼져가는 것은

안티 텔레포트 필드였다. 둘의 도주를 막기 위한 조치일 것이다.

이비연이 말했다.

"중심축을 여럿 두는 걸로 범위를 넓히고, 필드 디스펠도 차단하고 있어. 성능 좋다. 진짜 어비스 골렘들하고는 비교가 안 되네."

어비스의 골렘들은 격투전 말고는 재주가 없었다. 그에 비해 이곳의 골렘들은 현대 병기 뺨치는 화력을 장착하고 있는 것이다.

그리고 인간형 골렘들보다 먼저 짐승형 골렘들이 쇄도해 왔다.

크허허헝!

포효와 함께 벌려진 아가리에서 에너지탄이 발사되었다.

"역시 저놈들은 전차 역할이군. 재밌는데? 현대전하고 비슷한 짓을 하고 있어."

비룡형 골렘으로 제공권을 장악하고 폭격을 가한다.

짐승형 골렘으로 지상을 장악하고 중장거리 공격을 퍼부어 대면서 밀고 들어온다.

인간형 골렘으로 공간이동을 봉쇄하고, 원거리 포격을 가한다.

용우와 이비연은 불타는 들판을 질주하고 있었다.

텔레포트를 봉쇄하고 천 개체의 골렘들이 쏟아붓는 화력은 대단했다. 하지만 두 사람은 도약 스펠로 뛰는 것만으로도 그 폭격 지점을 벗어날 수 있었다.

"대(對) 몬스터 전투에서는 꽤 쓸모가 있겠네."

몬스터에게만 효율적인 게 아니다. 다수의 각성자를 포함한 부대라도 이 압도적인 머릿수와 화력 앞에서는 아무것도 못하고 분쇄당할 것이다.

하지만 용우와 이비연은 그런 규격을 초월한 존재들이었다.

─오만의 거울 광역화(廣域化)!

용우의 머리 위로 매끈하게 잘린 얼음판처럼 보이는 막이 반경 수십 미터 넓이로 펼쳐졌다.

비룡형 골렘들이 지상을 향해 투하했던 수십 발의 에너지탄이 모조리 거기에 튕겨서 그들에게 되돌아갔다.

콰콰콰콰쾅……!

반사된 에너지탄에 맞은 비룡형 골렘들이 추락하기 시작했다.

동시에 이비연이 형상 복원 스펠로 창 한 자루를 만들어냈다.

─초열투창!

붉은빛을 휘감은 창이 극초음속으로 짐승형 골렘을 덮쳤다.

콰광……!

일격으로 짐승형 골렘 한 마리가 분쇄되었다.

용우가 중얼거렸다.

"미적지근한데."

적의 대응이 이상했다. 설마 골렘 부대의 공격만으로도 용우와 이비연을 잡을 수 있다고 생각하는 것일까?

"본대는 힘을 좀 빼놓고 나서 나서겠다는 속셈 아니겠어? 딱히 함정을 준비할 시간이 없었잖아?"

"놈들의 의도대로 놀아나 줄 필요는 없지. 이대로 빠져나가자."

텔레포트를 봉쇄당했어도 두 사람은 골렘들보다 월등히 빨랐다. 골렘들이 포위망을 형성하기도 전에 들판을 옆으로 가로질러서 공격권 밖으로 빠져나가면 그만이다.

그런데 그때였다.

파아아아아!

들판 저편에서 빛기둥이 솟구쳤다.

그뿐만이 아니었다. 그 반대편에서도 같은 빛기둥이 솟구친다.

"말이 씨가 된다더니."

이비연의 안색이 변했다.

적들도 바보가 아니었다. 골렘 부대와 치고받는 동안 별동대가 포위를 위한 결계를 설치하고 있었던 것이다.

무슨 결계인지는 모르겠지만 완성되게 놔두면 위험했다. 그렇게 판단한 용우는 곧바로 행동에 나섰다.

—네불라 소환!

그러자 과거 트리니티라 불렀던 양손 대검과 동일한 외형의 양손 대검이 그의 손에 쥐어졌다.

이름이 다른 이유는 간단했다. 외형과 구성 요소 일부가 같을 뿐, 다른 존재였기 때문이다.

—박제된 찰나!

새벽의 해머에 내재된 권능이 발동하면서 용우와 이비연이 초가속에 들어갔다.

지금까지도 두 사람의 이동속도는 거의 음속에 가까웠다. 그런데 거기에 초가속이 더해지자 둘의 속도는 도저히 육안으로 쫓을 수 없는 수준이었다.

"빠져나왔다."

초가속에 들어간 지 채 1초도 안 지난 찰나, 둘은 17킬로미터 저편까지 와 있었다.

결계가 완성되기도 전에 결계 범위를 돌파해 버린 것이다.

중심축으로부터 반경 30킬로미터 범위의 장대한 결계를 준비한 적들 입장에서는 미치고 환장할 노릇이었다.

"몸을 사리지 말았어야지."

용우가 그들을 비웃었다.

이것은 적들의 전술이 허술했기 때문에 가능한 탈출이었다. 초월권족들이 용우와 이비연을 상대하여 적극적으로 맞서 싸우면서 결계를 구축했다면 꼼짝없이 안에 갇혔을 테니까.

용우와 이비연은 그대로 도망치는 대신 한 지점을 덮쳤다.

"이놈들!"

처음 빛기둥이 솟구친 곳이었다. 그곳에는 결계를 준비한 별동대 다섯 명이 있었다.

당연하게도 전원 피부가 상앗빛을 띤 초월권족이었다. 처음 말을 걸어왔던 지휘관만큼은 아니지만 다들 실전용이라기보다는 예장용으로 보이는 화려한 갑옷을 입고 있었다.

검과 방패, 그리고 창으로 무장한 그들이 용우와 이비연을 공격해 왔다.

꽈아아아앙!

충격이 폭발하면서 반경 100미터의 대지가 뒤집어졌다.

"상당한데?"

용우가 놀랐다.

다섯 명 전원이 9등급 몬스터 수준의 마력을 자랑하고 있었다. 상아인 타락체들을 기준으로 보면 상당히 고위층에 해당하는 수준이다.

그렇다면 이 별동대는 초월권족 중에서 강력한 축에 드는 이들만 모여 있는 것일까?

"여기까지 온 것에는 찬사를 보내마. 지금까지 누구도 해내지 못했던 위업이다."

별동대의 지휘관으로 보이는 자가 용우와 이비연을 노려보았다.

"하지만 너희들은 주제를 몰랐다. 우리는 위대한 성좌로부터 세계의 형상을 뜻대로 조각하는 권능을 받은 종족. 관용을 베풀 테니 지금이라도 투항해라."

"……."

"너희들에 대해서는 이미 알고 있다. 제3세계의 인류로선 도달할 수 없는 수준에 도달했다는 것도. 하지만 그 힘은 이곳에서는 통용되지 않는다."

별동대 지휘관은 용우와 이비연이 전혀 적수가 안 된다고 확신하는 것 같았다.

용우는 어처구니없을 정도로 무시받는 느낌에 씩 웃었다.

"머릿수만 믿는 건 아닌 것 같고… 루가루를 통해서 우리에 대해 파악했다 이건가?"

잠깐 대치하는 동안 다른 초월권족들이 텔레포트해 왔다.

결계 안쪽에 있는 자들이 아니다. 그들은 비룡을 타고 날아오는 중이었고, 다른 곳에서 결계 작업을 하던 별동대들이 모이는 것이다.

별동대 전원이 집결하자 그 수는 20명이었다.

최소한 9등급 몬스터 수준의 마력 보유자들이었고, 그중 세 명은 다른 이들보다 확연히 높은 마력을 뿜내고 있었다.

놀라운 일이다. 이들의 마력은 상아인 타락체들의 평균 수준을 월등히 상회하고 있었으니까.

과연 왜 이런 수준 차이가 나는 것일까? 초월권족 중에 수준 미달인 자들만이 타락체가 되었기 때문에?

'절대 아니지.'

용우와 이비연은 이미 그 이유를 알고 있었다.

"루가루라……. 그가 그런 이름을 썼었나."

지휘관이 애석해하며 중얼거렸다.

"어쨌든 네 추측은 맞다. 고귀한 희생을 자처한 우리들의 동지가 너희들에 대해서 알려주었지. 너희들에게 승산은 없다. 지금이라도 투항하면 고통 없는 죽음을 약속하지."

"하하하……."

용우가 어이없다는 듯 웃음을 터뜨렸다.

이비연도 피식거리며 말했다.

"와, 이것들 진짜 황당할 정도로 오만하네? 마력이 좀 커지니까 세상 모든 게 하찮아 보이나 봐."

그녀의 오른손에 칠흑의 건틀릿이 나타나 장착되었다.

그것을 본 지휘관의 눈에 분노가 깃들었다.

"동지의 장비를 강탈했느냐."

루가루가 쓰던 아티팩트급 장비였기 때문이다.

이비연은 대답하지 않았다. 건틀릿을 낀 그녀의 손에 온통 새카만 빛깔을 띤 서양식 장검 한 자루가 쥐어진다.

이비연이 차갑게 웃으며 말했다.

"그럼 주제 파악을 해야 할 쪽이, 어느 쪽인지 가려볼까?"

구구구구구……!

대기가 불길하게 진동했다.

딱히 뭔가 전투 행위가 일어난 결과가 아니었다. 걸어 다니는 자연재해라고 불릴 만한 존재들 수십이 한자리에 모여서 마력을 전개한 것만으로도 그런 현상이 일어나고 있었다.

이비연의 마력이 거침없이 상승한다.

본신 마력만으로도 9등급 몬스터를 능가하는 그녀다. 칠흑의 건틀릿과 칠흑의 장검이 그 마력을 현격히 증폭시키고 있었다.

"그래 봤자 달라지는 건 없다."

초월권족들 역시 마력을 증폭시키는 장비를 장착하고 있었다. 그들의 갑옷도, 무기도 전부 그런 효과를 가졌다.

다만 그 성능에는 편차가 있었다. 아티팩트급 장비는 확실히 희소한 것 같았다.

─박제된 찰나!

용우가 초가속의 권능을 발동시켰다.

과거에 사다모토 아키라는 신중하게 발동시켰던 권능이었다. 그만큼 마력 소모가 컸기 때문이다.

하지만 용우에게는, 정확히는 정보 세계의 용우에게는 해당

사항이 없는 이야기였다.

꽈아아아아앙!

직후 뛰어든 이비연과 초월권족들이 격돌했다.

충격이 폭발하면서 초월권족들이 튕겨 나간다. 초가속이 걸린 이비연이 너무 빨라서 제대로 힘을 연계할 틈이 없었던 것이다.

하지만 다들 튕겨 나갔을 뿐이지 부상을 입은 모습은 아니었다. 그들 전원이 이비연과 필적하는 마력을 보유하고 있었으니까!

"크악······!"

그런데 그들 사이에서 비명이 터져 나왔다.

곧바로 반격하려던 초월권족들은 놀라서 비명이 터져 나온 지점을 바라보았다.

용우가 양손 대검으로 한 초월권족의 몸통을 꿰뚫고 있었다.

"실력이 별로군. 군단 쪽이 훨씬 나은데?"

동시에 양손 대검에 꿰뚫린 초월권족이 폭발했다.

"하나. 여기 총인구가 1,300명 정도라고 하던데, 다 죽일 때까지 얼마나 걸릴지 볼까?"

"······."

용우의 태도가 너무나 담담해서 초월권족들은 잠시 현실감을 못 느꼈을 정도였다.

하지만 곧 그들은 격노해서 공격을 가했다.

"버러지가 감히!"

"억만 번 죽어도 갚을 수 없는 죄를 저질렀다는 사실을 아느냐!"

"아, 진짜 누가 천 년 넘게 귀족 놀이한 것들 아니랄까 봐."

용우가 짜증으로 눈살을 찌푸렸다.

지금의 그에게는 적들의 공격이 느릿느릿하게 보였다. 아직 초가속의 효과가 계속되고 있는 것이다.

용우의 말이 적들에게 전달되는 것은 텔레파시가 실려 있기 때문이다. 그렇지 않았다면 대화가 성립하지 않을 정도로 서로 말하는 속도가 달랐다.

"죽어라!"

초월권족들이 일제히 용우를 향해 공격을 퍼부었다.

강력한 저주와 각종 에너지탄, 그리고 강력한 텔레파시와 공간 절단 공격이 날아들었다.

실로 위협적인 공격이다. 그러나 용우는 그 공격을 딱히 막거나 피하지 않았다.

표적을 하나 정하고는 일직선으로 돌격했다.

"뭐야?"

초월권족들이 당황했다.

용우가 너무나 빠르게 그들의 화망을 돌파해서만은 아니었다. 아직 초가속 효과가 안 끝났다는 것으로 이해할 수 있는 문제다.

하지만 용우가 자신에게 날아드는 공격을 몸으로 받아내면서 돌진, 그대로 초월권족 하나를 정수리부터 두 동강 낸 것은 이해할 수가 없었다.

"……!"

이번에 당한 초월권족은 비명조차 지르지 못했다.

용우가 양손 대검을 휘두른 궤적을 따라서 충격파가 폭발, 그의 몸을 갈가리 찢어버렸기 때문이다.

"둘."

담담하게 숫자를 세는 용우의 목소리가 초월권족들에게는 공포로 다가왔다.

그리고 그렇게 드러난 틈을 이비연은 놓치지 않았다.

파악!

칠흑의 장검이 오만하게 떠들어대던 지휘관의 목을 베어버렸다.

"셋."

초월권족들이 당황했다.

"마, 말도 안 돼!"

"정보하고는 완전히 다르지 않나!"

루가루가 그들에게 전달한 정보에 비해 용우와 이비연 둘의 전투 능력이 너무나 높다.

파지지지직!

이비연과 초월권족 둘이 충돌하자 격렬한 스파크가 공간을 진동시켰다.

이비연이 허공장을 조작, 둘을 뿌리치면서 칠흑의 장검을 휘둘렀다.

―공허 가르기!

그러자 초월권족들이 곧바로 대응했다.

―공허 문지기!

한 명이 공간이동을 카운터로 봉쇄하고, 다른 한 명이 그 틈을 노려서 역습을 가한다.

"그래도 기본은 됐네."

하지만 그것은 이비연이 판 함정이었다.

파악!

일부러 그들에게 맞춰서 느릿하게 움직이던 이비연이 급가속했다. 허점을 찌르러 들어온 초월권족은 방어조차 못 하고 목이 날아가고 말았다.

"기본만 됐지만."

직후 쏟아진 뇌격이 다른 한 명을 불태웠다.

"끄아아아아악!"

그 뇌격은 이비연이 발하는 마력을 훨씬 능가하는 출력을 자랑하고 있었다.

"융합체는 하나가 아니었나!"

그 이유를 간파한 다른 초월권족이 경악했다.

용우가 만들어낸 성좌의 무기 융합체—트리니티의 존재는 루가루를 통해 그들에게도 전해졌다.

하지만 이비연이 지닌 검에 대해서는 루가루도 알지 못했다.

그럴 수밖에 없다. 이 검이 탄생한 것은 이 세계에 진입하기 직전이었으니까.

굉음의 도끼와 뇌전의 사슬이 소우바 코어를 매개체로 융합된 결과물.

그것이 바로 이비연의 손에 들린 성좌의 무기 융합체—굉뢰(轟雷)였다.

"하나여야 할 이유가 없잖아?"

수적 열세에도 불구하고 이비연이 초월권족을 수월하게 상대하는 이유는 간단했다.

그녀의 마력이, 실제로는 초월권족들이 감지한 것보다 훨씬 더 강하기 때문이다.

파악!

"이, 이럴 수가……."

칠흑의 장검에 심장을 관통당한 초월권족이 경악과 불신으로 눈을 부릅떴다.

이비연은 마력을 적당선으로 유지하면서 공격 순간에만 폭발시키는 기술을 쓰고 있었다. 그 기술의 숙련도가 너무나 높아서 초월권족들은 아직도 이비연의 마력 한계치를 파악하지 못하고 농락당하고 있었다.

"여섯."

이비연이 잔혹하게 웃는 것과 동시에 심장을 찔린 초월권족이 산산조각 났다.

게다가 그들이 용우와 이비연에게 쉽게 당하는 이유는 그것만이 아니다.

전투 기술의 수준 차이가 너무 심했다.

초월권족은 분명 강대한 마력을 지녔고, 다종다양한 스펠까지 갖췄다. 하지만 그들의 전투 능력은 가진 것에 비해서는 평범함 이하였다.

'천 년 넘게 남이 싸우는 걸 보고 즐기면서 팝콘만 뜯었으니 안 그럴 수가 있나?'

루가루가 이야기한 바에 따르면 이들은 제1세계의 종말 이후로 한 번도 실전을 겪은 적이 없다.

그렇다고 구세록 내부 세계의 시간 개념이 지구와 다른 곳도 아니다. 이들은 정말로 천 년 넘게 이 폐쇄된 세계 속에서 외부 세계를 관측만 하면서 보냈던 것이다.

물론 이들 모두가 놀고먹기만 하지는 않았을 것이다. 전투 기술을 단련하는 자들은 분명히 있었을 터.

하지만 천 년 넘게 싸울 일 없이 지냈는데, 그 행위에 얼마나 집념이 서려 있었을까?

이들에게는 실전이 막연히 '언젠가는 닥쳐올 일'이었을 뿐,

당장 대비해야 하는 현실이 아니었다.

그런 채로 천 년을 보냈으니, 설령 천 년 전에 전투 기술이 뛰어났던 자라 한들 퇴보할 수밖에 없다.

"일곱. 아직도 헛꿈을 꾸고 있군."

용우는 충격으로 허우적거리고 있는 초월권족들을 비웃었다.

두 사람과 교전 중인 별동대의 수가 빠르게 줄어가는데도 결계가 해제되지 않는다. 그래서 결계 안의 본대는 텔레포트하지 못하고 날아오고 있었다.

이상한 일이었다. 골렘들이 전개한 안티 텔레포트 필드를 해제시키고 텔레포트하면 그만일 텐데 왜 그렇게 하지 않는 것일까?

"갇혔으면 좀 짜증 났겠는데?"

"응. 공간 간섭계 스펠을 완전히 봉쇄하는 게 분명해. 그거 말고도 다른 저주 효과들이 붙어 있고."

격렬한 전투를 치르는 와중에도 결계를 훑어본 이비연이 말했다.

어쨌든 본대의 이동속도도 빠르기에 도착하기까지 불과 수십 초면 충분할 것이다.

"여덟."

그러나 그 수십 초조차도, 용우와 이비연을 상대하는 별동대에게는 영원처럼 느껴졌다.

이런 상황인데도 본대가 결계를 해제하지 않는 이유는 간단했다.

어떻게든 용우와 이비연을 결계 안으로 붙잡아 넣고 싶어하는 것이다.

광활한 영역을 감싼 결계는 그만큼 그들에게 유리한 조건을 제공하는 게 틀림없었다.

"열."

그리고 그 선택은 별동대의 죽음을 가속화시켰다. 별동대한 명이 죽을 때마다, 다음 한 명이 당하는 속도가 빨라진다.

"열하나."

"열둘."

이번에는 이비연이 한 명을 베고, 채 3초도 지나기 전에 용우가 또 한 명을 죽였다.

"제기랄! 오지 마!"

"죽어! 죽으란 말이다!"

천 년 동안이나 절대적인 안전을 누려왔던 자들이다. 죽음의 공포가 닥쳐오자 그들의 정신은 쉽게 무너져 내렸다.

별동대가 무지막지한 화력 공세를 퍼부었다.

─선다운 버스트 연속 투하!

전술핵급의 폭발이 연달아 터졌다.

─라이트닝 버스트 연쇄 폭발!

그에 필적하는 전격 에너지가 한 지점을 강타하면서 황금색 들판을 죽음의 땅으로 바꾸었다.

─용암의 군단!

그 열기를 매개체로 무수한 불의 거인들이 나타나 포효했다.

온 세상을 불태울 것 같은 천재지변의 향연이었다. 만약 별동대 생존자 여덟 명이 지구에서 지금처럼 날뛴다면 하루도 지나지 않아서 인류 문명이 끝장날 것이다.

그러나 걸어 다니는 자연재해는, 허무할 정도로 원시적인 수단에 죽었다.

파악!

사방팔방에 난사되는 대규모 파괴 스펠들을 유유히 피한 용우가 별동대 하나의 목을 날렸다.

"열셋."

그리고 이비연 역시 마찬가지였다.

"열넷."

눈앞에서 격투전을 벌이고 있는 상황에 대규모 파괴 스펠을 난사하는 것은 전혀 좋은 선택이 아니다. 그만한 마력과 대인 전투 능력을 가진 자에게는 죽여달라고 목을 내미는 것이나 마찬가지였다.

"열일곱."

남은 별동대의 수가 세 명이 되었을 때야 겨우 적들의 본대가 결계 밖으로 나왔다.

"멈춰라! 이 잔악무도한 놈들!"

본대가 급히 용우와 이비연을 향해 공격을 퍼부었다.

별동대에게서 떨어뜨려 놓기 위한 견제였다.

―공허 가르기!

하지만 이비연이 별동대를 공격하는 척하면서 날린 공격이 공간을 격하고 본대 하나의 목을 날려 버렸다.

"어……?"

완벽한 기습이라 카운터 스펠로 무효화할 새도 없었다.

콰과과광!

대폭발이 뒤따르면서 본대가 혼란에 빠졌다.

"열아홉, 아니, 이제 저쪽까지 합쳐서 세야겠군. 스물이네."

그리고 용우는, 본대가 급히 날린 견제공격을 무시하고 뛰어들어가서 별동대들을 연거푸 베어버렸다.

"으, 으으으……."

별동대 최후의 생존자가 공포로 몸을 떨었다.

부상은 대단치 않다. 마력도 충분히 남아 있다.

하지만 그는 덜덜 떨 뿐, 움직이지 못했다. 완전히 전의를 상실하고 말았다.

"괴물……!"

"칭찬으로 듣지."

용우가 씩 웃으며 그의 머리통을 날려 버렸다.

"스물하나."

이 전장의 초월권족은 본대와 별동대를 합쳐서 66명.

그중 21명을 처치했으니 이제 남은 것은 45명.

화르르륵······.

용우가 불길과 열기가 끓어오르는 대지 위를 느긋하게 걸었다.

"우리를 저 안으로 처넣을 자신이 있어서 그렇게 미적거리며 나온 거겠지?"

용우가 거대한 돔 형태의 결계를 가리키며 말했다.

"그 자신감만큼 실력이 따라주는지 볼까?"

동시에 오싹한 감각이 초월권족들에게 엄습해 왔다.

"이건······!"

그들은 하늘을 올려다보았다.

─눈보라의 용!

용우가 전투 중에 구현해 두었던 종말급 스펠을 발동했다. 아득한 천공으로부터 거대한 백색의 용이 내려오고 있었다.

"종말급 스펠을 어느새?"

강력한 권능의 소유자라도 종말급 스펠을 보유한 경우는 희귀하다. 그리고 보유자도 제물을 바쳐가며 거창한 의식을 치러야 발동 가능한 경우가 일반적이다.

이 점에서는 구세록의 초월권족들도 종말의 군단과 다르지 않았다.

그렇기에 그들은 용우가 혼자서, 아무런 조짐도 없이 종말급 스펠을 발동한 것에 경악할 수밖에 없었다.

"너희들도 군단하고 똑같군. 하긴 놈들과 수준이 달랐으면 굳이 이런 길을 선택하지 않았겠지."

구세록의 초월권족들도 군단의 세계를 엿볼 수는 없다.

당연히 그들은 용우가 군단의 세계에서 한 일들을 몰랐다. 그리고 그 정보 부재는 치명적으로 작용하고 있었다.

"저게 내려오기까지는 조금 시간이 걸릴 거야."

용우가 빙긋 웃으며 양손을 합장했다. 그러자 그의 몸이 빛을 발하기 시작했다. 마치 태양처럼 눈부신 빛을.

―안티 텔레포트 필드!

동시에 용우를 중심으로 공간 간섭계 스펠을 봉쇄하는 에너지 필드가 펼쳐졌다.

"이런……!"

본대 지휘관은 한 박자 늦게 치명적인 사실을 깨달았다.

용우가 안티 텔레포트 필드를 발하기 직전, 이비연이 텔레포트로 사라졌다.

"너희들이라면 뛰어서 범위 밖으로 도망칠 수도 있겠지? 그래서 하나 더 준비했다. 선물이 마음에 들었으면 좋겠군."

그리고 또 하나의 종말급 스펠이 모습을 드러내었다.

―땅 위의 태양!

용우의 모습이 빛에 삼켜졌다.

그를 중심으로 태양처럼 눈부신 빛이 뿜어져 나오면서, 세상이 하얗게 불타올랐다.

그리고 다시, 하얗게 얼어붙었다.

＊　　　＊　　　＊

휘이이이이…….

눈보라가 휘몰아치고 있었다.

불과 몇 분 전까지만 해도 아름다웠던 황금 들판은 온데간데없다. 온통 하얗게 얼어붙은 죽음의 땅이 끝없이 펼쳐져 있을 뿐이다.

그 위에서 용우가 중얼거렸다.

"예순여섯."

Chapter53

# 지구

# 1

퍼스트 카타스트로피 이후, 인류가 인식하는 위기는 패턴화되어 있었다.

게이트가 열리고, 몬스터가 튀어나온다.

몬스터에게는 영역 의식이 있다. 게이트 브레이크가 일어났다고 해도 몬스터들이 끝도 없이 뻗어 나가는 것은 아니다.

인류가 맞닥뜨린 게이트 재해의 위험은 한 번도 이 패턴에서 벗어나지 않았다.

그렇기에 이 패턴에서 벗어난 상황이 다가오자 비상이 걸렸다.

한국도 마찬가지였다.

"몬스터들이 남하하고 있습니다!"

"무작정 남하만 하는 게 아닙니다. 무리를 짓고 있습니다. 놔두면 계속 불어날 겁니다."

재해 지역의 몬스터들이 영역을 벗어나서 움직이기 시작했다. 그것도 마치 통일된 의사를 가진 것처럼 무리 지어서.

"8등급 은갑옷거북도 남하 중!"

더 큰 문제는 그렇게 남하하는 몬스터 중에 고등급 몬스터들이 섞여 있다는 사실이었다.

구 북한 영토에 자리 잡았던 7, 8등급 몬스터들이 다른 몬스터들과 함께 남하해 오고 있었다.

"젠장, 지휘관 개체인가?"

헌터 관리부는 그 이유를 쉽게 특정할 수 있었다. 몬스터들을 이런 식으로 통제하는 게 가능한 존재는 지휘관 개체뿐이었으니까.

그들은 개성에 긴급 대피령을 내리고, 헌터 전력을 집결시키기 시작했다.

이 끔찍한 사태 앞에서도 한국 정부는 패닉에 빠지지 않았다. 비교적 침착한 대응을 하고 있는 중이었다.

그럴 수 있는 것은 믿는 구석이 있기 때문이다.

더 이상 8등급 몬스터는 대적 불가의 재앙이 아니다.

한국의 최정예 헌터들이라면 충분히 사냥할 수 있었다.

'무엇보다 우리에게는 팀 섀도우리스가 있지.'

그들이 있는 한 한반도 북부의 8등급 몬스터가 모조리 내려오더라도 막아낼 수 있다.

그런 믿음이 냉정함을 유지할 수 있게 만들어주었다.

헌터 관리부는 군 사령부와 연계해서 방어전에 들어갔다.

헌터들이 개성에 집결하는 동안 저등급 몬스터들의 수를 줄이고, 고등급 몬스터들의 남하를 늦추기 위해 폭격을 가했다.

북쪽을 향하는 원거리 포들이 쉴 새 없이 포탄을 쏘아내고, 폭격기들이 몬스터 무리가 있는 지점을 향해 날아갔다.

"뭐?"

그리고 그 결과는 충격적이었다.

"다시 말해봐. 뭐라고?"

[폭격기 전기 격추당했습니다.]

"설마 악마숲인가?"

폭격기로 노린 곳은, 사전에 악마숲처럼 장거리 대공 능력을 가진 몬스터가 없는지 정찰을 마친 지점들이었다. 그런데도 전부 격추당하다니, 대체 무슨 일이 있었단 말인가?

[아닙니다.]

보고하는 목소리가 떨리고 있었다. 도저히 믿을 수 없는 공포를 맞이한 것처럼.

[지휘관 개체입니다. 말도 안 되는 놈이 나타났습니다.]

9등급 몬스터 수준의 마력과 헌터 업계 최상급 각성자보다

도 다양한 스펠을 구사하는 특수 지휘관 개체가 몬스터들을
이끌고 있었다.

＊　　　＊　　　＊

재해 지역의 몬스터들이 진군하기 시작한 곳은 한국만이
아니었다.

세계 곳곳에서 같은 상황이 벌어지고 있었다.

"와, 타이밍 진짜 예술이네요."

유현애가 탄식했다.

서용우와 이비연이 구세록 문제를 종결짓기 위해 사라진
지 4시간이 지난 시점이었다.

이 타이밍에 이런 전 세계적 재난이 덮쳐오는 것은 도저히
우연으로 치부할 수 없었다. 군단은 이 타이밍을 노리고 대공
세를 펼친 게 분명했다.

"자세한 사정은 알 수 없지만… 정말 온갖 음모론이 머릿속
에 떠오르는군."

차준혁이 혀를 찼다.

사실 구세록의 의지와 군단은 한패가 아닐까?

루가루를 통해 그렇지 않다는 것을 확인했음에도 그런 의
심이 들었다. 그만큼 타이밍이 공교로웠다.

문득 유현애가 물었다.

"얼마나 죽을까요?"

"……."

차준혁이 그녀를 바라보았다. 유현애의 목소리가 떨리고 있었기 때문이다.

예상치 못한 재난이 전 세계를 덮치고 있는 지금, 팀 섀도우리스의 역할은 그 어느 때보다도 중요했다.

하지만 팀 섀도우리스의 수는 고작 6명이다. 이들만으로 전 세계를 일제히 덮친 대공세를 어쩔 수는 없는 것이다.

그들은 초인이지만 전지전능한 신은 아니었다. 누구를 구할지 선택해야만 한다.

당연하게도 브리짓과 휴고는 미국의 수호를 선택했다.

차준혁, 유현애, 이미나, 리사는 한국을 우선적으로 방어할 수밖에 없었다.

한반도 북쪽에 등장한 특수 지휘관 개체는 이들이 아니면 아무도 막을 수 없을 테니까.

하지만 개성에 도착한 그들에게 김은혜가 충격적인 소식을 전해왔다.

[유럽 공동체에서 긴급 요청이 들어왔습니다.]

"유럽? 무슨 일입니까?"

[영국의 폭풍용이 유럽 본토를 향해 움직이고 있습니다. 현재 이동속도로 계산한 바로는 앞으로 30분 후에 도착합니다.]

"……."

다들 충격으로 굳어버렸다.

영국을 멸망시킨 9등급 몬스터, 폭풍용.

팀 섀도우리스가 아니면 누구도 막을 수 없는, 인류에게 있어서는 대적 불가의 재앙이다.

거의 몬스터들은 비행 능력이 없었다. 그리고 비행 능력을 갖춘 몬스터들도 비행 거리가 짧아서 바다를 건너지 못했다.

하지만 폭풍용은 영국에서 프랑스로 넘어가기 위해 지나야 하는 좁은 바다, 영국 해협을 건널 수 있는 비행 능력이 있었다.

[뿐만 아닙니다. 저쪽에서 한반도 북쪽에 출현한 놈처럼 9등급 몬스터 수준의 마력을 가진 특수 지휘관 개체가 관측되었습니다.]

"9등급 몬스터까지 컨트롤할 수 있는 지휘관 개체란 말인가……."

차준혁이 신음했다.

잠시 기다리던 김은혜가 물었다.

[어떻게 하시겠습니까?]

"…인원을 나누겠습니다. 그쪽으로 두 명이 가도록 하죠."

[괜찮겠습니까?]

"한국에는 우리만 있는 게 아니니까요."

한국에는 팀 크로노스와 팀 블레이드, 팀 이그나이트라는 최정예 헌터 전력이 있다.

그동안 서용우에게 스펠 스톤을 공급받아서 성장한 그들의 전투 능력이라면 8등급 몬스터 사냥은 그리 어려운 과제가 아니었다.

"지금의 우리라면, 9등급 몬스터를 잡는 것도 두 명이면 충분합니다."

객관적으로 보면 차준혁의 전투 능력은 요 며칠 새 급락했다.

서용우에게 성좌의 무기를 넘겼으니 어쩔 수 없었다.

서용우가 차준혁을 계승 후보로 설정하고 아티팩트 광휘의 검을 통해 셀레스티얼로 변신할 수 있게 됐지만, 마력이 감소한 것은 어쩔 수 없는 약점이다.

그럼에도 차준혁은 스스로의 실력에 자신이 있었다. 팀 섀도우리스 결성 이후 차준혁의 성장은 서용우조차도 감탄할 정도였으니까.

"브리짓과 휴고하고는 수시로 연락하십시오. 자국을 우선하는 거야 어쩔 수 없지만, 이 정도로 급한 불은 결국 우리가 끄는 수밖에 없으니까."

김은혜에게 그렇게 당부한 차준혁이 리사를 바라보았다. 하지만 그의 입에서 나온 말은 모두가 예상치 못한 것이었다.

"리사, 먼저 프랑스로 가라. 그쪽에서 좌표를 보내줘. 할 일은 김은혜 씨가 말해줄 거야."

"준혁 오빠는요?"

리사가 의아해하며 물었다. 그녀는 복수를 위해 온 세상을 돌아다닌 경험 덕분에 유럽 곳곳의 공간좌표를 확보하고 있었다.

그에 비해 차준혁은 유럽의 공간좌표가 없다. 하지만 굳이 리사를 먼저 보낼 것 없이 동반 텔레포트하면 그만이지 않은가?

"우희 씨를 피신시키고 따라가지."

"네?"

"캡틴이 만든 비밀 피신처로 보낼 거야."

"알겠어요."

리사는 곧바로 텔레포트해서 사라졌다.

유현애가 물었다.

"갑자기 왜요?"

"불길한 예감이 들어서."

"……."

예지능력자의 불길한 예감만큼 사람을 불안하게 하는 게 또 있을까?

"혹시라도 우희 씨가 어떻게 되면… 우린 뒷감당을 할 수 없어."

서용우가 세상을 파멸시키는 사태를 맞이하고 싶지 않다면 반드시 취해야 하는 조치였다.

"아직 작전 투입까지는 시간이 좀 남았으니까, 두 사람도 가족을 피신시킬 수 있으면 피신시키고 와. 사정 설명하고 물건 챙길 그런 여유까지는 없으니까 최대한 빨리."

"하지만… 이런 때에요?"

유현애가 주변의 눈치를 보았다.

세상 전부가 위험한 상황에서 특권을 이용하여 자신의 혈육만을 안전하게 지키려고 하다니, 비도덕적이지 않은가?

차준혁이 말했다.

"어차피 가장 위험한 곳에서, 가장 큰 싸움을 해야 하는 건 우리다. 마음이 흐트러질 요소를 배제하는 쪽이 오히려 공익을 위하는 길이지."

"……"

"다녀와. 후회하지 말고."

유현애와 이미나는 그 말에 따랐다.

잠시 혼자 남은 차준혁은 한숨 섞인 목소리로 중얼거렸다.

"피신시킬 가족이 있다는 게 얼마나 부러운 일인지 모르겠지."

차준혁의 혈육은 행정 데이터상으로는 실종자로 되어 있는 동생뿐이다.

하지만 다니엘 윤의 신분을 가진 동생은 이런 때 안전지대로 도망칠 수가 없었다. 형도, 아우도 위험으로 향할 수밖에 없는 운명이다.

       \*        \*        \*

곧바로 서용우의 집으로 가서 서우희를 피신시킨 차준혁은, 리사가 보내준 좌표를 따라서 유럽으로 날았다.

"도버 해협인가."

차준혁은 헬멧 안쪽에 표시되는 전술 시스템의 데이터를 보며 중얼거렸다.

영국 도버와 프랑스 칼레 사이에 자리한 좁은 바다, 도버 해협의 길이는 불과 35킬로미터.

멸망의 땅을 불과 35킬로미터 앞에 두고 있다는 점 때문에 칼레는 완전히 군사기지화되어 있었다.

후우우우우!

난리가 난 그 칼레 군사기지 위로 엄청난 강풍이 휘몰아치고 있었다. 인간을 하늘로 날려 버릴 수 있을 정도로 엄청난 풍속이었다.

폭풍이 도버 해협을 지나 칼레로 상륙하고 있었다.

"상황은?"

차준혁은 리사를 발견하고 물었다.

전파탑 위에 서 있던 리사가 말했다.

"안 좋아요. 폭풍 때문에 사람들이 빠져나갈 길이 막혔어요."

이 폭풍은 자연적인 것이 아니다.

도버 해협 저편에서 다가오는 재앙, 폭풍용의 권능이었다.

"통신 상태도 좋지 않아요. 드론도 날 수 없고."

초속 30미터로 다가오는 폭풍은 인류가 자랑하는 시스템을 무력화하기에 충분했다. 드론은 날 수 없었고, 전파 통신도 장애를 겪고 있었으니까.

리사가 말했다.

"물자는 미리 받아놨어요. 벙커버스터는 우리 권한으로 발화시킬 수 있도록 설정 변경 후에 넘겨준다는군요."

"잘했어."

차준혁은 그녀에게 전투용 물자를 나눠 받았다. 아공간을 가진 그들에게 있어서 위력적인 무기와 탄약은 아무리 많아도 나쁠 게 없었다.

"여기 사람들을 살리려면, 결국 도버 해협을 건너기 전에 막아야 한다는 거군."

"가능할까요?"

"모르겠다."

9등급 몬스터와 싸우는 것은 처음이다. 인류가 파악한 폭풍용의 전투 능력은 극히 일부였다.

이길 수 있다는 확신은 있었다. 하지만 이 전투의 여파가 어느 정도로 퍼져 나갈지는 예측 불허였다.

"캡틴한테 들어뒀으면 좋았을걸."

서용우와 이비연이라면 폭풍용에 대해서도 자세히 알고 있을 것이다. 이럴 줄 알았다면 두 사람에게 지구상에 존재하는 9등급 몬스터에 대해서 자세히 들어둘 걸 그랬다는 후회가 들었다.

[폭풍용, 도버 해협 진입.]

그리고 칼레 기지의 전문가들이 황급히 설정을 바꾼 벙커 버스터를 두 사람에게 전했을 때, 타임 리미트를 알리는 소식이 전해졌다.

"가볼까?"

"네."

차준혁과 리사는 곧바로 셀레스티얼로 변신해서 도버 해협으로 진입했다.

몸이 날아갈 것 같은 강풍이 불었지만, 두 사람은 아무렇지도 않게 나아간다. 멀리서 보면 등 뒤로 분출되는, 펄럭이는 망토처럼 보이는 빛 때문에 마치 빛의 칼날이 태풍을 뚫고 나아가는 것 같았다.

그렇게 전진하던 두 사람은 어느 순간, 강풍이 사라진 것을 깨달았다.

폭풍의 중심지에 도달한 것이다.

두 사람의 눈앞에 바다 위쪽, 10미터 정도 높이로 날고 있는 거대한 그림자가 보였다.

해마를 닮은 실루엣, 검은 암석 같은 외피에 어둠 그 자체로 이루어진 날개를 가진 괴물.

90미터에 달하는 거대한 몸을 가진 9등급 몬스터, 폭풍용이었다.

2

9등급 몬스터와의 전투는 차준혁에게도 미지의 영역이었다.

1세대 구세록의 계약자들이 은퇴자 한 명만 남기고 모두 죽은 현재, 9등급 몬스터와 싸워본 현역은 서용우와 이비연밖에 없었다.

〈크긴 크네요.〉

리사가 해수면을 밟고 선 채로 중얼거렸다.

90미터라고 하면 고층 빌딩 수준의 덩치였다. 거기에 에너지로 이루어진 검은 날개가 펼쳐져 있으니 체감되는 크기는 훨씬 더 거대하다.

〈예전 같았으면 공포로 아무것도 못 했을 것 같은데…….〉

차준혁은 어처구니없다는 듯 웃었다.

〈생각보다 별거 아니라는 생각이 들다니, 내가 제정신이 맞나 의심스러울 정도군.〉

이성적으로는 이 자리에 오기 전부터 승리를 확신하고 있었다.

하지만 저토록 거대한, 폭풍우를 끌고 다니는 괴물을 앞에 두고도 전혀 공포감이 들지 않는다니 이상하지 않은가?

물론 차준혁은 그 이유를 알고 있다.

〈이 정도 마력을 한두 번 보는 것도 아니니까요.〉

리사가 싸늘하게 웃었다.

그들은 이미 폭풍용 정도의 마력은 수도 없이 접해왔다.

〈간다.〉

차준혁의 말과 동시에 두 사람이 좌우 양쪽으로 찢어졌다.

꽈광!

직후 그 자리를 뇌격이 관통했다.

폭풍용의 공격이었다. 두 사람은 변신한 시점에서 본신 마력이 8등급 몬스터 수준에 이르렀기에 폭풍용도 신경 쓰지 않을 수 없었다.

꽈콰콰콰콰!

거짓말처럼 고요했던 폭풍의 중심부가 폭음으로 진동했다.

폭풍용의 뿔에서 뿜어져 나온 뇌격이 그물처럼 사방을 휩쓸었다.

—인설레이트 필드!

그러나 차준혁과 리사는 완벽한 뇌전 대응책을 갖고 있었다. 두 사람의 몸을 감싼 빛의 구체가 뇌전을 미끄러뜨린다.

—염마용참격(炎摩龍斬擊)!

차준혁의 손에 들린 빛의 검이 스펠의 힘을 받아서 불타올랐다. 50미터 길이로 뻗어 나간 초고열의 에너지 칼날이 폭풍용을 후려갈겼다.

크아아아아아!

폭풍용이 울부짖었다.

차준혁의 공격은 폭풍용의 허공장을 뚫지 못했다. 그저 커다란 흠집을 내면서 뒤로 밀어냈을 뿐이다.

하지만 그 직후 또 한 발의 공격이 그 흠집을 때린다.

―초열투창!

상공 1킬로미터 지점으로 텔레포트한 리사가 아공간에서 벙커버스터를 꺼내서 점화, 초열투창으로 발사했다.

붉은 궤적을 그려내며 초음속으로 낙하한 벙커버스터가 폭풍용에게 직격했다.

꽈과과광!

폭풍용의 거체가 옆으로 기울어졌다.

인류의 기술만으로는 불가능한 성과였다. 이 100배의 물리적 충격을 가한다 해도 폭풍용의 허공장을 뚫지 못한다. 그렇기에 인류는 폭풍용을 대적 불가의 재앙으로 판정할 수밖에 없었다.

그러나 차준혁과 리사의 모든 공격은 철저하게 마력으로부터 비롯된다. 몬스터를 상대로는 전략핵을 직격하는 것보다 두 사람의 공격이 훨씬 강했다.

―염동염마탄(念動炎魔彈) 동시다발!

기다렸다는 듯 차준혁의 공격이 날아들었다.

초고열의 에너지탄 24발이 극초음속으로 폭풍용을 강타했다.

한 발 한 발이 항공 폭탄에 필적하는 파괴력이다. 한 지점을 집중적으로 강타당한 폭풍용의 허공장이 찢겨 나가고 있었다.

그리고 여기까지는 진짜 공격을 내기 전의 예고편에 지나지 않았다.

─선다운 버스트!

빛의 검이 불타오르며, 하늘에서 가느다란 섬광 한 줄기가 떨어져 내렸다.

그런데 그때였다.

─오버 커넥트!

폭풍용의 머리 위로 워프 게이트가 나타나면서 선다운 버스트를 집어삼켰다.

콰아아아아아아앙!

그리고 폭풍의 장벽 너머, 오래전에 폐허가 된 도버에서 대폭발이 일어났다.

〈믿어지지 않는군. 고작 일곱 번째 문이 열린 시점에서, 제3세계의 인류가 이런 힘을 지녔다니. 기둥의 제물이라면 모를까, 열쇠 사용자에 불과하거늘…….〉

폭풍용의 머리 위에서 누군가가 말했다.

그 외형은 3등급 몬스터, 리자드맨이었다. 청회색의 비늘을 가진 키 2미터의 도마뱀 인간.

폭풍용에 비하면 파리처럼 초라한 존재다. 그러나 몬스터의 강약은 얼마나 거대한가로 정해지지 않는다.

〈확실히 특별한 놈이군.〉

차준혁이 중얼거렸다.

리자드맨의 마력이 폭풍용을 능가한다. 말도 안 되는 소리로 들리지만 사실이었다.

한반도 북부에 나타난 놈과 마찬가지로, 특수 지휘관 개체가 분명했다.

〈넌 뭐냐? 뇌전의 에우라스와 무슨 관계지?〉

차준혁이 그렇게 물은 것은 리자드맨에게서 독특한 기척을 느꼈기 때문이다. 군주 개체, 뇌전의 에우라스를 봤을 때와 흡사한 느낌이 들었다.

〈대리자.〉

리자드맨이 연극배우처럼 과장된 몸짓으로 양팔을 벌리며 말했다.

〈뇌전을 다스리는 위대한 군주의 대리자로서 너희들 인류에게 왔다.〉

그의 주변에 무수한 뇌전의 구체가 나타나기 시작했다.

―구전광(球電光) 무한연쇄!

폭풍용이 발하는 뇌전이 리자드맨의 힘이 되었다. 뇌전의 구체 수백 개가 일제히 폭발했다.

꽈과과과과……!

절연성을 띠는 방어막으로도 다 막을 수 없는 파괴력이었다.

폭발이 폭풍의 벽조차 찢어발기면서, 도버 해협을 하얗게 불태웠다.

[통신이… 지지직… 지지지지지직!]

강력한 전자기 펄스가 발생하면서 전술 시스템 네트워크가 마비되었다.

그러나 차준혁과 리사의 소통은 인류의 기술에 의지하지 않는다.

공간을 뛰어넘은 리사가 리자드맨에게 빙설의 창으로 찌르기를 날렸다.

―오버 커넥트!

그러나 그 공격은 눈앞에 열린 워프 게이트를 찌르고 말았다.

―염동충격탄 동시다발!

뒤이어 날아든 24발의 에너지탄이 리사를 강타했다.

쾅! 콰콰콰콰쾅!

에너지탄들은 절묘하게 시간차를 두고 리사를 강타해서 바다에 처박았다.

파지지지직!

리자드맨이 추가타를 날리려는 순간, 그 뒤에 나타난 차준혁의 검격이 그를 저지했다.

〈하하하! 조금은 싸울 줄 아는 놈이로구나!〉

〈큭……!〉

광소하는 리자드맨을 보며 차준혁이 이를 악물었다.

다음 순간, 둘의 모습이 공간을 뛰어넘어 사라졌다.

쾅!

상공에서 둘이 충돌했다.

콰콰콰쾅!

어지럽게 위치를 바꿔가면서 충돌하고, 또 충돌한다.

〈예지능력자였느냐?〉

리자드맨이 싸늘하게 웃었다.

파지지지직!

차준혁의 예지와 현실이 어긋났다.

'이런! 벌써?'

이토록 빠르게 예지능력을 간파하고 대응해 오다니!

동요한 차준혁의 검격이 리자드맨의 핀포인트 방어막에 가
로막혔다.

꽈광!

직후 리자드맨의 발차기가 예술적인 카운터로 차준혁에게
꽂혔다.

〈커억!〉

맹렬하게 날아간 차준혁의 몸이 해수면을 들이받고 튕겨
올랐다.

그런 그에게 리자드맨이 발한 에너지탄들이 따라붙는다. 차준혁은 블링크로 그것들을 피했지만……

―공허 문지기!

기다렸다는 듯 리자드맨이 카운터 스펠로 그를 제자리에 돌려놓았다.

콰콰콰콰쾅!

연달아 두들겨 맞은 차준혁이 바닷속에 처박혔다.

〈제법이다. 아무리 이런 버러지의 몸을 쓰고 있다지만, 기둥의 제물도 아닌 자가 내 적수가 될 줄이야. 놀랍군.〉

리자드맨이 감탄했다.

파지지직…….

그의 허공장에서 스파크가 튀었다. 완전히 끝장을 내려는 순간, 차준혁이 날린 카운터가 그를 때렸던 것이다.

리자드맨은 뇌전의 에우라스가 신임하는 고위 언데드였다.

그가 지구에서 이만한 힘을 발휘할 수 있는 것은 군단의 영적 자원이 대량으로 투입되었기 때문만은 아니다. 타락체들의 우두머리, 라지알이 군주들에게 전수한 비술 덕분이었다.

리자드맨은 그의 군주, 에우라스의 힘을 받고 있다.

군주 입장에서는 엄청나게 힘의 낭비가 심한 행위다. 하지만 군주 개체로 강림했을 때처럼 허를 찔릴 위험은 피할 수 있기에, 세 군주는 이 비술의 사용에 동의했다.

〈제기랄. 정신이 확 드는군.〉

차준혁이 바다 위로 솟구치면서 말했다.

'확실히 강하다.'

저 리자드맨은 마력만 강한 게 아니다. 전투 기술 자체가 지금까지 싸워본 적 중에서 최상급의 실력이다.

'하지만 최강이냐 하면, 그건 아니지.'

지금의 차준혁은 타락체와의 전투 경험도 상당했다. 그리고 타락체 중에는 순수하게 전투 기술만으로 보면 리자드맨보다 더 뛰어난 자도 있었다. 예전에 휴고의 팔을 날려 버렸던 상아인 타락체가 그랬다.

'게다가 캡틴이나 비연이하고 싸워본 경험이 얼만데.'

실전이 아니라 훈련 경험으로 치면 훨씬 강력한 존재들과 수도 없이 싸워본 몸이다. 그렇기에 냉정하게 판단할 수 있었다.

〈리사. 격투전은 내가 전담한다. 서포트에 전념해.〉

〈네.〉

리사는 곧바로 자신의 역할을 받아들였다.

지금까지 팀 섀도우리스는 연계 플레이를 날카롭게 다듬어 왔다.

리사의 격투전 능력은, 차준혁의 그것보다 훨씬 떨어진다. 하지만 서포터로서는 아주 강력한 존재였다.

〈해볼 만하다고 생각하는 게냐?〉

리자드맨이 오만하게 웃었다.

그가 올라탄 폭풍용의 눈이 흉흉하게 빛나면서 뇌전이 끓어오른다. 리자드맨은 그 힘을 능숙하게 지배해서 스펠의 파괴력을 끌어 올릴 양분으로 삼고 있었다.

쫘아앙!

그러나 그 작업이 완료되기 전에, 폭풍의 장벽 너머에서 날아든 섬광이 폭풍용을 강타했다.

〈음?〉

놀라는 리자드맨에게 차준혁이 돌진했다.

〈이제 와서 뭘 놀라지?〉

빛의 검이 현란한 궤적을 그려내면서 리자드맨을 위협한다. 리자드맨은 방금 전과는 전혀 달라진 차준혁의 움직임에 놀랄 수밖에 없었다.

팟!

리자드맨의 손톱에서 분출된 에너지 칼날이 차준혁의 갑옷을 긁고 지나갔다.

파밧!

동시에 차준혁의 검격이 리자드맨의 피부에 생채기를 내었다.

〈예지능력에 의존하기만 하는 놈이 아니었구나!〉

조금 전에 차준혁이 허를 찔린 것은 리자드맨의 예지능력 대응이 너무 빨랐기 때문이다.

하지만 그는 이미 예지능력에 의존하는 경지를 넘어선 지

오래다. 상대방이 예지능력 대응법을 들고 나온다면⋯⋯.

'그것 자체를 상대에게 부담으로 만든다!'

순간순간 예지능력의 On/Off를 통제한다. 그로써 상대방에게 예지능력을 쓰는지, 쓰지 않는지 혼란을 주고 지속적으로 예지능력 대응법을 쓸 수밖에 없는 부담을 지운다.

꽈앙! 꽈아아앙!

그렇게 리자드맨의 움직임이 격투전에 묶인 동안, 리사는 마음 놓고 장거리 저격으로 폭풍용을 두들겨 대고 있었다.

〈이 위력은⋯⋯.〉

리자드맨은 오한을 느꼈다.

폭풍용이 비명을 지르며 몸부림친다. 리사의 공격이 죄다 폭풍용에게 유효타로 들어가고 있었기 때문이다.

리사의 본신 마력은 폭풍용에 미치지 못하는, 8등급 몬스터 수준이다. 다루는 힘의 규모에 있어서도 도저히 못 미친다.

그럼에도 리사의 순간 공격력은 폭풍용을 훨씬 능가한다.

스펠을 통한 효율화 때문이다. 각성자와 몬스터의 출력이 비슷하다면, 스펠을 쓰는 각성자의 공격력이 더 강할 수밖에 없다.

또한 아티팩트 빙설의 창이 있기 때문이다. 공격할 때마다 그녀의 마력이 폭풍용과 동격으로 증폭된다.

꽈아아앙!

충격이 폭풍용을 관통한다.

철컥…….

탄피가 배출되는 소리가 울렸다.

리사는 새 탄을 장전하는 대신 소총을 버리고, 새 소총을 들었다.

서용우가 그렇게 하듯, 그녀도 무수한 소총과 총탄을 아공간에 비축해 두고 있었다.

각성자 저격수용 소총은 리사의 마력을 버티지 못했다. 한 발만 쏴도 망가져 버렸다.

하지만 일회용으로 충분하다.

그녀의 마력이 마력탄두로 증폭되면서 발생하는 에너지탄은, 9등급 몬스터 폭풍용에게도 유효타로 꽂힐 정도니까.

〈이제 알겠나?〉

게다가 리사의 역할은 거기에 그치지 않는다. 리사는 폭풍용을 두들겨 대면서, 차준혁에게 강화 스펠과 가속 스펠을 걸어주고 있었다.

덕분에 차준혁은 신경 써야 할 것들을 줄이고 격투전에 전념함으로써 리자드맨을 밀어붙였다.

〈으음……!〉

리자드맨이 신음했다.

하지만 그도 호락호락하지 않았다. 차준혁의 공세를 잘 받아내면서 일진일퇴의 공방을 벌이고 있었다.

〈감탄을 금할 수 없군. 이 시점에서, 제3세계의 인류가 이

런 경지에 도달하다니.〉

서용우라는 이레귤러가 치명적인 타격을 입혔기에, 군단은 더 이상 지구 인류를 얕보지 않는다.

그럼에도 차준혁의 전투 능력에는 놀람을 금할 수 없었다.

〈하지만 너 같은 존재가 많지는 않겠지. 그게 너희들의 한계다.〉

〈무슨 소리지?〉

〈곧 알게 될 것이다.〉

리자드맨이 의미심장하게 웃었다.

그리고 차준혁은 채 5분도 지나지 않아서 그 의미를 알게 되었다.


3


브리짓과 휴고는 각각 멕시코와 캐나다에서 전투를 벌이고 있었다.

본래부터 국토 면적에 비해 군사력이 약했던 두 나라는, 퍼스트 카타스트로피 이후로는 미국에 군사적으로 의존하는 경향이 강해졌다.

멕시코는 초창기부터 게이트 재해에 제대로 대처하지 못했기 때문에 국토의 절반 이상을 잃었고, 많은 재해 지역을 포함하고 있었다.

캐나다는 국토면적에 비해 인구가 적은 데다가, 지리 조건상 게이트 재해를 완전히 막기가 어려웠다. 인구밀도가 낮고 아름다운 자연경관의 지역이 많다는 것은, 퍼스트 카타스트로피 이후로는 그만한 재해 지역을 끌어안아야 한다는 소리인 것이다.

퀘벡 주에는 실로 광활한 재해 지역이 형성되어 있었다.

그리고 그 재해 지역에 존재하던 무수한 몬스터들이 일제히 인간의 영역으로 진군하기 시작했다.

이미 전국 각지에서 전투를 수행하고 있는 캐나다의 헌터 전력과 캐나다군으로서는 도저히 막을 수 없는 규모였다.

'끝이 없군.'

휴고가 짜증을 냈다.

몬스터가 많아도 너무 많았다. 아무리 퀘벡이 넓다지만 이렇게 많은 몬스터가 있었단 말인가?

콰과광! 콰과과광!

퀘벡주 방위군도 놀고 있지 않았다.

휴고의 부담을 줄이기 위해 쉬지 않고 치밀한 작전을 수행하는 중이었다.

[휴고 스미스. L—22 포인트 세팅을 완료했다.]

지휘부가 휴고에게 작전 진행을 알렸다.

잠시 휴식을 취하던 휴고는 곧바로 지휘부가 알려준 포인트로 텔레포트했다.

그곳에는 퀘벡주 방위군이 포격과 폭격을 통해서 한 지점으로 몰아넣은 수백의 몬스터들이 있었다.

―선다운 버스트!

그 위로 휴고가 대규모 파괴 스펠을 떨어뜨렸다.

콰아아아아아!

대폭발이 몬스터들을 집어삼켰다.

수가 너무 많아서 하나하나 처치하다 보면 아무리 휴고라도 나가떨어질 수밖에 없다.

그렇기에 저등급 몬스터는 주방위군의 공격으로 처리하고, 현대 무기로 처리하기 난감한 등급부터는 한곳으로 몰아넣은 뒤 휴고가 처리하고 있었다.

〈브리짓, 그쪽 상황은 어때?〉

휴고가 멕시코의 긴급 상황을 해결하러 간 브리짓에게 텔레파시로 물었다.

〈이쪽에도 나타났어.〉

〈뭐?〉

〈한국과 영국에 나타난 놈들과 같아. 특수 지휘관 개체가 분명해.〉

그 말에 휴고가 깜짝 놀랐다.

〈기다려! 내가 당장…….〉

〈그쪽 상황은?〉

싸늘한 브리짓의 물음에 휴고가 움찔했다.

퀘벡의 몬스터들은 죽여도 죽여도 끝이 안 보일 정도로 많았다. 지금 그가 빠지면 퀘벡 주의 방어선은 얼마 못 버티고 붕괴한다.

퀘벡 주가 광활한 재해 지역이라고 하나, 퀘벡 시와 몬트리올 시는 여전히 인구가 많은 대도시였다.

이 몬스터 대군을 막지 못하면 수백만 명이 죽을 것이다.

〈크윽……!〉

〈걱정 마. 여긴 9등급 몬스터는 없으니까. 혼자서도 할 수 있어. 그동안 다른 쪽이 해결되면 도움도 받을 수 있을 거야.〉

〈브리짓…….〉

〈아마 지금 지구상에 나타난 특수 지휘관 개체는 셋뿐일 거야.〉

차준혁과 리사는 도버 해협에서, 유현애와 이미나는 한반도 북부에서 특수 지휘관 개체와 교전 중이었다.

정보를 종합해 본 결과, 도버 해협에 나타난 리자드맨은 뇌전의 에우라스의 힘을 사용한다.

한반도 북부에 나타난 오우거는 광휘의 데바나의 힘을 사용한다.

멕시코 중서부에 나타난 늑대인간은 대지의 트라드의 힘을 사용한다.

〈무리하지 마.〉

〈내가 할 말이야.〉

〈부탁이야.〉

〈…….〉

간절한 휴고의 말에 브리짓은 쓴웃음을 지었다.

〈걱정하지 마. 무리할 이유가 없잖아. 순차적으로 하나씩 격파하면서 전력을 집중하면…….〉

브리짓이 그렇게 말할 때였다.

휴고와 브리짓에게 긴급 통신이 날아들었다.

그 내용은 충격적이었다.


'미국 대통령 서거.'


뿐만 아니었다.

백악관과 펜타곤이 초토화되면서, 미국의 행정 시스템과 군사 시스템의 정점이라고 할 수 있는 인물들이 몰살당했다. 이 긴급 상황에서 미국의 컨트롤 타워가 붕괴한 것이다.

어떻게 그럴 수가 있었을까?

〈타락체라니…….〉

브리짓의 목소리가 떨렸다.

아무리 철통같은 방어 시스템을 갖추고 있어도 의미가 없었다. 지구 인류 중에는 팀 섀도우리스를 제외하면 누구도 막을 수 없는 존재들, 타락체들이 테러를 가했기 때문이다.

〈설마…….〉

브리짓은 절망적인 사실을 깨달았다.

〈이 모든 게, 양동작전을 위한 미끼에 불과했다고?〉


*　　　　*　　　　*


미국을 향한 타락체들의 테러는 백악관과 펜타곤을 날린 것에서 그치지 않았다.

거의 동시에 미국에서 가장 규모가 큰 두 개의 발전소가 파괴당했고, 워싱턴과 뉴욕의 시내에서 대폭발이 일어나며 어마어마한 희생자가 발생했다.

게다가 미국만 타락체들의 테러를 당한 게 아니었다.

일본, 대만, 인도, 유럽도 미국과 동시에 공격당했다.

한국도 공격 대상이었다.

청와대와 헌터 관리부를 비롯해서 행정, 군사 시스템의 최정점이 날아가 버렸다.

불과 몇 분 만에 미국 대통령, 한국 대통령, 일본 총리, 대만 총통, 인도 총리, 프랑스 대통령, 이탈리아 총리가 모조리 사망하는 사태를 누가 상상이나 했을까?

"완전히 당했어……."

김은혜는 파랗게 질린 채로 중얼거렸다.

팀 섀도우리스는 용우와 이비연이 구세록의 의지와 결판을 내는 동안 벌어질 최악의 시나리오를 상정했다. 하지만 지금 일어나는 일들은 그들의 상상을 아득히 초월하고 있었다.

사실 타락체들의 공격은 어느 정도 예상 가능한 일이었다. 지금까지 군단은 거점을 만들 때 지휘관 개체와 타락체를 함께 보냈으니까.

하지만 특수 지휘관 개체들이 등장하고, 전 세계의 재해 지역 몬스터들이 일제히 인류의 영역을 공격하는 상황에서 타락체들까지 염두에 둘 수는 없었다.

'완벽한 양동작전.'

먼저 특수 지휘관 개체의 존재를 드러내고, 재해 지역의 몬스터들을 움직여서 팀 섀도우리스를 끌어내었다.

그리고 손쓸 틈도 주지 않고 타락체들로 테러를 저질렀다.

'놈들은 여력을 감추고, 이 한 번의 공격을 노리면서 정보를 수집하고 있었던 거야.'

타락체들을 인류 사회에 잠입시켜서 정보를 모으는 것은 그리 어려운 일도 아니었으리라.

지금의 공격 대상에 대한 정보원은 민간인으로 충분하다. 적당히 텔레파시로 정보를 캐낸 다음 잊게 만들면 수상한 행적이 드러날 일도 없다.

'예측했다면… 아니, 그래 봤자 막을 수는 없었겠지.'

타락체는 팀 섀도우리스만이 막을 수 있는 존재다.

그리고 그것은 특수 지휘관 개체도, 팀 섀도우리스가 투입된 전장의 몬스터 대군도 마찬가지다.

팀 섀도우리스의 인원이 한정된 이상, 적들을 저지하는 것에는 한계가 있었다. 그리고 이 기습 자체를 막을 방법은 사실상 존재하지 않았다.

'캡틴…….'

정신없이 전화를 돌려서 가족의 무사함을 확인한 김은혜는 공포로 몸을 떨었다.

'당신이 필요해요. 그 어느 때보다도 더.'

서용우와 이비연이 구세록의 의지와 결판을 내기 위해 떠난 지 5시간이 지났다.

고작 5시간 만에 세상이 뒤집어진 것이다.

'빨리 돌아오라고요. 안 그러면 지구가 멸망해 버려. 내가 죽을 때 죽더라도 번 돈은 써보고 죽고 싶다고!'

울고 싶은 것을 꾹 눌러 참는 김은혜의 휴대폰이 울렸다. 그녀가 전화를 받자 절망적인 소식이 전달되었다.

[한국 게이트 재해 연구소가 파괴당했습니다.]

\*　　　　\*　　　　\*

치직, 치지지지직…….

무참하게 파괴당한 연구소 건물에서 전기가 방전되고 있었다.

무너진 연구실 한구석에 처박혀서 의식을 잃고 있던 사람이 눈을 떴다.

"아⋯⋯."

권희수 박사였다.

그녀는 주변을 둘러보다가, 옆에 떨어져 있는 안경을 주워서 썼다. 그리고 쓴웃음을 지었다.

주변에는 연구원들의 처참한 시신이 널려 있었다. 살아 있는 사람은 없었다.

그녀가 살아남은 이유는 간단했다. 서용우가 그녀를 허공장 보유자로 만들어줬기 때문이다. 그리고 연구소를 날려 버린 폭발의 폭심지가 멀리 떨어져 있었던 덕분이기도 했다.

"민수."

그녀가 속삭이자 손목에 차고 있는 시계가 삐빅 소리를 냈다.

권희수가 주머니에 처박아두었던 무선 이어폰을 꺼내서 끼자 그녀의 인공지능 비서 민수의 음성이 들려왔다.

[네. 박사님.]

"시스템은?"

[메인 프레임과 서브 프레임 제1, 2, 3, 7, 9, 10파트가 파괴되었습니다.]

"데이터 손실은?"

[현재 점검 가능한 영역에서는 없습니다. 제2데이터 센터에 백업 완료되었습니다.]

"상황 보고해 줘."

[마력에 의한 공격이 있었습니다. 스펠―염동충격탄으로 추정됩니다.]

무지막지한 위력의 염동충격탄 수십 발이 곳곳을 때렸다. 드넓은 부지를 차지한 한국 게이트 재해 연구소를 폐허로 만들기에 충분한 공력이었다.

권희수가 아직까지 살아 있는 게 기적이다. 허공장 보유자라고 해도, 염동충격탄이 떨어진 그 지점에 있었다면 즉사했을 것이다.

[공격자를 특정했습니다. 상아인 타락체라 불리는 존재입니다.]

"……."

[신속한 탈출을 권합니다. 상아인 타락체는 생존자들을 하나하나 확인 사살하는 작업을 진행 중입니다.]

"민수."

권희수는 공허한 눈으로 허공을 올려다보며 말했다.

"147번 연구 데이터를, 모든 수단을 동원해서 제로에게 전하도록 해."

[박사님?]

"마지막으로 녹화한 그것도 함께."

[박사님. 탈출하셔야 합니다.]

"탈출 방법은? 그리고 성공 확률은?"

[······]

민수는 침묵했다.

탈출할 방법은 없었다. 인공지능의 힘으로 시스템 전부를 살펴봐도, 인간에게는 불가능한 속도로 생존자를 찾아내어 사살하는 상아인 타락체에게서 벗어날 방법은 존재하지 않았다.

[생존 가능성은 있습니다. 제로라면 반드시 이곳의 소식을 듣고 찾아올 겁니다. 그때까지만 버티면 살 수 있습니다.]

"제로에게 연락이 됐어?"

[지속적으로 시도 중입니다.]

"다른 팀 섀도우리스는?"

[그들의 현재 위치는······.]

민수는 빠르게 팀 섀도우리스의 현재 위치와 상황을 파악했다.

"그렇군. 우리가 완벽하게 당한 거네."

권희수는 민수의 짧은 설명만으로도 상황을 파악했다.

아아악······!

그때 조금 먼 곳에서 비명이 들려왔다.

"민수, 적의 목적은 뭐지? 왜 굳이 저런 작업을 하고 있지?"

권희수는 상아인 타락체의 행동을 이해할 수 없었다.

저 정도로 무지막지한 힘을 지닌 존재가 왜 이런 번거로운 짓을 하는 것일까? 대규모 파괴 스펠 한 방이면 모든 생존자가 정리될 텐데?

잠시 후, 민수가 대답했다.

[박사님입니다.]

"나?"

권희수가 놀랐다. 예상치 못한 대답이었다.

[네. 박사님을 찾고 있습니다. 생존자들에게 일일이 텔레파시로 박사님에 대한 정보를 확인하는 것으로 보입니다.]

민수는 아직 기능하는 카메라를 통해서 상아인 타락체의 행동을 파악했다.

상아인 타락체는 '권희수'를 찾고 있었다.

"이런 식으로 찾다니, 죽었는지 살았는지는 상관없다는 건가?"

권희수를 생포할 생각이었다면 연구소에 무차별 공격을 가해선 안 되었다.

"여긴 생존자가 없으니까… 나를 특정할 수 없게 하면 되겠어."

권희수는 가운에 붙어 있는 명찰을 떼어내서 부순 다음 파편을 곳곳에 던져 버렸다.

"아하하. 완벽하네."

문득 그녀가 웃음을 터뜨렸다.

그렇다. 완벽했다.

그녀는 살면서 이렇게 완벽한 상황을 만나본 적이 없었다.

"민수, 제로에게 전해줘."

그렇게 말하는 권희수는 웃고 있었다. 죽음을 결의한 사람이라고는 믿을 수 없을 정도로 후련한 미소였다.

"뒷일은 부탁해요. 먼저 가서 미안합니다. 저 할 만큼 한 거 인정하죠? 욕하지 마세요. 당신 과거 이야기를 못 듣고 가는 건 아쉽네요."

권희수는 민수에게 유언을 남기고 연구실 한편에서 뭔가를 찾아냈다. 실험을 위해 가져다 놓았던 위험물 중 하나, 마력 반응 탄두였다.

그녀는 마력 반응 탄두를 여럿 꺼내서 빠르게 작동 세팅을 하고 주변에 놓아두었다. 그리고 그중 하나를 자기 머리 위에 얹어놓고 심호흡을 한 번 했다.

"후우……."

힘겨운 삶이었다.

그녀는 살고 싶어서 살아오지 않았다. 매일 눈을 뜰 때마다 죽고 싶었다. 죽을 만큼 힘내지 않으면 살아 있을 수가 없었다.

그런데 지금, 그녀는 완벽한 상황을 만났다. 자신의 양심도 자살을 비난하지 못할 상황을.

그녀가 자살하는 것은 삶이 힘들어서 그런 게 아니다. 적에게 저항하기 위해서였다.

"난 도망치는 게 아냐. 그렇지?"

권희수는 민수의 대답을 기다리지 않았다. 조용히 발한 스펠이 마력 반응 탄두를 폭발시켰다.

제일 먼저 마력 반응 탄두에 닿아 있던 그녀의 머리통이 날아가고, 그리고 주변에 있던 마력 반응 탄두들이 연쇄 폭발을 일으키면서 연구실이 통째로 날아가 버렸다.

Chapter54

**성좌의 화신**

1

　왕궁은 술렁이고 있었다.

　웅장하고 아름다운 건물이었다.

　세계를 떠받치는 일곱 빛기둥 아래 존재하는 도시는 이 세상의 것이라고는 생각되지 않는, 낙원 같은 풍경이었다. 그리고 그 한가운데 위치한 왕국은 과거의 아름다움을 고스란히 재현하고 있었다.

　오래전, 그들의 고향 세계가 종말의 군단에 파멸하기 전의 아름다움을.

　"얕보지 말라고 그렇게 말했거늘, 듣지를 않는군……."

　왕궁의 심장부, 왕좌 앞에 선 초월권족 남자가 탄식했다.

다른 초월권족과 마찬가지로 상앗빛 피부와 뾰족한 귀를 가진 젊은 남자였다. 황금색 눈동자에 눈부신 금발을 길게 늘어뜨린 그를 서용우와 이비연이 본다면 곧바로 누군가와 닮았다고 여길 것이다.

타락체의 우두머리, 라지알과 쏙 빼닮은 용모였으니까.

왕좌에서 앳된 목소리가 들려왔다.

"라무스 장군."

"예, 폐하."

라무스라 불린 남자가 공손하게 대답했다.

"탈라가 출격을 요청하는구나."

"병력을 얼마나 요구했습니까?"

"직속 병력만으로 충분하다고 한다."

"탈라 직속이라면 15명 정도였을 겁니다."

"허락해도 되겠나?"

"안 됩니다."

"적은 고작 두 명이다. 그리고 초전으로 이미 전력이 파악되었지. 그런데도 말인가? 탈라가 페드말처럼 적을 얕보고 덤빌 것 같지는 않은데……."

"그래도 안 됩니다."

라무스의 태도는 단호했다.

앳된 목소리의 왕이 한숨을 쉬었다.

"그럼 저들의 의기양양한 모습을 보고만 있어야 한단 말이냐?"

"이미 귀한 전투원을 예순여섯 명이나 잃었습니다. 전투를 놀이로 생각하는 얼간이들이라고는 하지만 우리 중에서 제대로 된 전투원은 드물고, 더 잃고 싶진 않군요. 확실하게 막을 수 있는 수를 써야 합니다."

"어차피 우리는 불멸! 얼마든지 부활시킬 수 있다."

"부활은 공짜가 아닙니다."

초월권족은 구세록의 세계 속에서 불멸성을 얻었다.

설령 살해당한다 해도 그들의 영혼은 강력한 권능으로 만들어진 안정화 공간에 머문다. 그리고 구세록에 축적된 영적 자원을 소모함으로써 다시 부활할 수 있는 것이다.

왕이 짜증을 냈다.

"하지만 주제도 모르고 우리의 성지를 흙발로 짓밟은 것들이다. 저걸 그냥 두고 볼 수가 있느냐?"

"우리가 상정한 한계를 뛰어넘은 존재이기도 합니다. 우리도 못한, 종말의 군주를 살해하는 위업을 세운 존재들이기도 하고. 그런 자들을 인정하는 것이야말로 고귀한 자들의 격에 걸맞은 태도 아니겠습니까?"

"음……!"

"게다가 저들을 굴복시키는 것만으로도 기나긴 기다림이 끝날지도 모릅니다. 저들이 만들어낸 융합체의 가치를 생각하면 당연히 존중해 줘야 합니다."

성좌의 무기와 군주 코어를 융합시켜 만들어낸 기적의 산물, 융합체.

구세록의 초월권족 입장에서 그것은 너무나 탐나는 보물이었다. 저것을 손에 넣으면 모든 게 해결된다. 천 년 동안 기다렸는데도 여전히 언제 이뤄질지 모르는 숙원이, 오늘 이뤄질지도 모른다.

"그건 그렇군."

고개를 끄덕이는 왕을 보며 라무스는 쓴웃음을 지었다.

'천 년 만에 맞이하는 적이라.'

모두가 흥분하는 것도 이해는 간다. 그 역시도 피가 끓는 것을 느꼈으니까.

'기다림에 지치다 못해 미치기에 충분한 시간이었지.'

구세록의 초월권족은 1,322명.

그것이 제1세계의 파멸에서 살아남아 미래를 도모하는 생존자 전부였다.

그들은 폐쇄된 세계 속에서 오로지 과거를 반추하며 살아왔다. 성장도, 변화도, 죽음도 없이 정체된 상태로.

제2세계가 파멸하기까지, 그리고 제3세계가 파멸해 가는 과정을 지켜보는 것만이 그들에게 제공되는 신선한 오락이었다. 그들은 세상 모든 것이 자기들 손바닥 위에서 춤추는 것 같은 감각을 즐기며 우월감에 젖었다.

그것은 이미 광기였다.

아무리 현명하고 선량한 자라 할지라도, 이런 환경에서는 영혼이 썩는 것을 피할 수 없으리라.

하물며 처음부터 현명하지도, 선량하지도 않았던 자들이라면 어떻겠는가?

"놈들이 이동하기 시작했군요."

"어차피 대응할 것도 없지 않은가? 놈들이 불굴의 벽을 보고 발을 동동 구르는 것을 구경하면 그만이지."

왕이 심드렁하게 말했다.

왕궁이 있는 도시는 '불굴의 벽'이라 불리는 방어막으로 보호받고 있다. 종말급 스펠이 연달아 터질지라도 멀쩡할 정도로 절대적인 방어력을 자랑하는 방어막이었다.

이 방어막이 전개된 이상, 침입자들에게는 방법이 없다. 그들은 조금 전부터 왕궁 안에서 준비되기 시작한 강력한 공격 수단이 완성되기를 손가락 빨며 지켜볼 수밖에 없을 것이다.

라무스가 말했다.

"만약을 대비하고 싶습니다."

"음?"

"탈라에게 조건을 걸겠습니다. 성좌의 의식을 받아들이겠다면 출격을 허락하겠다고."

"성좌의 의식을? 우리의 결전 병기를 고작 저런 놈들에게 쓰겠단 말인가? 그것도 굳이 죽음을 담보로……."

"어차피 부활할 수 있다, 폐하께서 그렇게 말씀하셨지요."

"부활은 공짜가 아니라고 그대가 말했지."

"이미 귀중한 전투원 예순여섯 명을 죽인 놈들입니다. 확실하게 막을 방법을 써야 합니다."

"음……."

고민하는 왕에게 라무스가 덧붙였다.

"그리고 좋은 기회 아닙니까? 지금까지는 리스크가 커서 시험 운용도 못 해봤으니까요."

"하긴 그렇군. 승인하겠다."

왕의 허락을 받은 라무스가 탈라와 연락했다. 탈라는 그가 내건 조건을 받아들였고, 그녀를 대상으로 왕궁에 비장되어 있던 결전 병기 '성좌의 의식'이 발동되었다.

"이제 기다리기만 하면… 음?"

라무스가 경악했다.

서용우와 이비연을 비추는 관측 영상에서 상상도 못 한 일이 터졌기 때문이다.

*　　　　*　　　　*

서용우와 이비연은 초월권족과의 초전을 압도적인 승리로 장식했다.

66명의 초월권족 전사들은 두 사람에게 생채기도 내지 못하고 죽었다.

"일단 루가루의 정보 정확성은 확인된 셈이군."

루가루가 자백한 바로는 구세록의 초월권족들이 외부의 정보를 수집하는 방법은 두 가지였다.

하나는 루가루의 보고였고, 또 하나는 구세록의 계약자들이었다. 계약자들이 구세록의 기능을 이용해서 무언가를 관측하면 그 정보는 구세록으로 흘러들어 갔던 것이다.

"놈들은 우리에 대해서 몰라."

"정확히는 오빠에 대해서 모른다고 해야겠지. 나에 대해서는 어느 정도 알게 됐을 거야."

"글쎄. 너에 대해서도 '지금의' 너는 모르지 않을까?"

두 사람은 그런 대화를 나누며 다음 목적지로 향했다.

아득히 먼 곳에 있던, 일곱 개의 빛기둥으로.

물리적인 거리는 200킬로미터 이상 떨어져 있었다. 하지만 텔레포트를 쓸 수 있는 두 사람에게는 무의미했다.

"크군."

용우가 혀를 내둘렀다.

허공의 한 지점에서 발생해서 하늘로 뻗어 올라간 빛기둥은 거대했다. 굵기가 군단의 세계, 왕의 섬에서 봤던 일곱 기둥과 비슷하다.

그리고 그 아래, 비현실적으로 아름다운 도시가 있었다.

"이거, 무슨 판타지 게임 컨셉 아트 같은데."

참으로 메마른 감상이었지만, 21세기 지구인 입장에서는 어쩔 수가 없다. 발달한 문명은 온갖 비현실적인 요소들을 그럴 싸한 영상으로 구현해 왔고, 거기에 익숙해지다 보면 세계 곳 곳에 존재하는 대자연의 경이를 볼 때도 CG로 만든 비주얼 같다는 감상을 느끼게 될 정도니까.

그 도시를 돔 형태로 감싼 빛의 막을 보며 이비연이 혀를 내둘렀다.

"저 방어막 출력이 장난 아냐. 힘으로 저걸 깨는 건… 아무 리 봐도 무리야. 종말급 스펠을 연달아 때려 박아도 막을걸."

이비연이 방어막을 관찰하며 말했다.

"오빠랑 나랑 죽어라고 일점 집중으로 깎아내다 보면 침입 이 가능할지도 몰라. 하지만 시간이 얼마나 걸릴지……."

용우와 이비연은 시간에 쫓기는 몸이었다. 방어막 안쪽에 서 초월권족이 엄청난 마력을 집중시켜가면서 비장의 의식을 치르고 있었으니까.

"그럴 필요 없어."

"방법이 있어? 몽환포영으론 안 될 거 같은데?"

"당연히 확률 조작으로 해결될 문제는 아니지. 하지만 이거, 복잡하거나 세련된 구조는 아니잖아?"

"응. 아주 단순 무식해. 엄청난 출력으로 엄청나게 튼튼하 게 만든 거야."

절대 부서지지 않는 무쇠벽을 세워놓은 것이나 다름없다. 단순하기에 오히려 공략할 틈이 안 보였다.

"이 방어막은 놈들이 믿고 있는 불멸과도 닮아 있지."

구세록의 초월권족들은 훼손되지 않는 절대 가치를 믿고 있다.

"그리고 그건 군단도 마찬가지였고."

둘은 서로 거울에 비친 것처럼 닮아 있었다.

"이런 건 나한테는 별로 어렵지 않아."

"뭘 하려고?"

"너도 본 적 있는 거야."

"음?"

이비연이 고개를 갸웃하는 순간, 용우의 스펠이 발동했다.

—필멸자(必滅者)의 세계!

동시에 용우를 중심으로 반경 10미터가 흐릿해졌다. 존재하는 모든 것이 열화된 것처럼 느껴지는 세계 속에서 용우가 양손 대검을 휘둘렀다.

"와……."

이비연이 놀랐다.

절대 깰 수 없다고 판단되었던 불굴의 방어막이 저항 없이 갈라지는 광경은 허무하다 못해 현실감이 없었다.

"그 스펠, 그렇게도 쓸 수 있는 거였어?"

용우가 이 스펠을 이비연에게 보여준 것은 곰에서였다.

스스로 불멸의 존재라 믿어 의심치 않았던 군주들은 이 스펠로 인해서 필멸의 존재로 격하되었고, 죽었다.

갈라진 방어막 안으로 들어서면서 용우가 말했다.

"불멸은 그 자체로 모순이야."

"무슨 소리야?"

"어비스에서 그런 경우 봤잖아. 우리가 몬스터를 처치함으로써 새로운 힘이 태어났어."

전투를 통해서 죽음이 누적되면 누적될수록 다양한 특성과 스펠이 제공되었다.

"그런데 그 어떤 것도 '절대'는 없었지."

공간 간섭계 스펠이 무적의 힘처럼 여겨졌던 때가 있었다. 하지만 머지않아 안티 텔레포트 필드와 공허 문지기라는 봉쇄법이 나타났다.

초재생 능력으로 불사신처럼 보였던 자가 있었다. 하지만 그는 재생력 억제라는 저주 능력 앞에 무너지고 말았다.

"불멸도 마찬가지야."

"불멸성을 만들어내는 힘이 존재한다면, 불멸성을 깨는 힘도 존재한다. 그리고 그게 오빠가 쓴 그 스펠이라는 거야?"

"그래."

"그럼 어비스에는 불멸이 존재했어?"

이비연이 아는 한 그런 힘은 없었다. 그녀가 타락체가 되어 어비스에서 이탈하고, 모든 것이 끝나기까지의 짧은 시간 동안 용우는 얼마나 많은 경험을 한 것일까?

"그렇게 믿었던 힘은 존재했지."

진정한 불멸성이 존재했던 적은 없었다. 용우의 손에 깨진 시점에서 더 이상 불멸이 아니니까.

"말도 안 돼!"

"불굴의 벽을 뚫고 들어오다니!"

도시 곳곳에서 초월권족들이 경악하는 소리가 들려왔다.

"팔자 좋은 것들이군. 하긴 천 년 넘게 위험과 거리가 멀었던 놈들이 안전불감증이 아니라면 그게 더 이상하겠지만."

군대를 몰살시킨 적이 도시 밖까지 다가온 상황이다. 그런데 전투원이 아닌 민간인들은 그냥 자기 집에 있거나, 아니면 나와서 방어막 너머까지 다가온 용우와 이비연을 구경하고 있었다.

뿐만 아니다. 도시 곳곳에서 강력한 의식을 치르는 기척이 느껴진다. 딱히 방어력이 갖춰진 군사시설도 아니고 그냥 아무 곳에서나 그런 작업을 하고 있는 것이다.

위험을 전혀 실감하지 못하는 게 아니고서야 이럴 수가 없다. 이들은 정말로 도시를 감싼 방어막에 절대적인 신뢰를 보내고 있었던 것이다.

"트로이 목마에 무너지기 전의 트로이 시민들도 이 정도는 아니었을 텐데."

용우는 어이없다는 듯 웃으며 네뷸라를 들어 올렸다.

"전시에 안전불감증을 뽐내다니, 그 대가를 가르쳐 줄 수밖에 없군."

그리고 그것을 느릿느릿하게 내리긋는다.

콰과과과과광!

그 궤적에서 빛의 해일이 쏟아지면서 아름다운 도시를 둘로 갈라 버렸다.

용우는 그저 검을 느릿느릿하게 휘두르고 있을 뿐이다. 그런데 그 행위가 10킬로미터에 달하는 도시 전체를 베어버리는 대파괴를 발생시키고 있었다.


2


쿠구구구구구……!

용우의 공격이 몇 번이나 이어졌을까?

모르는 사람을 불러다 놓으면 불과 수십 초 전까지만 해도 이곳에 아름다운 도시의 풍경이 존재했다는 사실을 믿지 못할 것이다. 처참한 폐허 위로 불꽃과 연기가 피어오르며 지옥도를 연출하고 있었다.

"정말 쉽게 죽네."

지구에서였다면 민간인 학살로 비난받을 전쟁범죄를 저지른 셈이다.

그러나 이비연은 그 광경을 끔찍하다고 느끼지 않았다.

왜냐하면, 죽은 자들은 모두 천 년 넘는 세월 동안 다른 세계의 비극을 양분으로 삼아 살아온 괴물들이었으니까.

"이렇게 쉽게 죽이다니, 허무하게시리."

"일일이 고통을 줘가면서 죽여도 딱히 복수심이 충족되진 않을걸. 처음에야 즐거울지 몰라도 금방 지겨워지고, 괴로운 노동이 되고 말 거야. 우두머리들이나 제대로 족치는 게 낫지."

"그건 그렇겠네."

이비연은 납득할 수밖에 없었다.

"하지만 정말 쉽게 죽네. 마력이 저렇게 큰 놈들이 뭐 저렇게 약해?"

아무리 기습이라지만 용우의 무차별 공격으로 죽어나간 숫자가 600명이 넘었다. 도시 곳곳에서 의식을 진행하던 놈들도 싹 쓸려 버려서 위협도 사라졌다.

이 사실이 어이없는 부분은, 그렇게 죽어 나간 초월권족 전원이 초전에서 몰살시킨 66명과 비슷한 마력을 가졌다는 점이다. 민간인들도 9등급 몬스터 수준을 넘지 못하는 이들이 아무도 없었던 것이다.

아무리 용우가 강하다고 하지만 기습적으로 날아든 일격 이후 이어지는 공격들에서는 사망률이 급감했어야 정상이다. 그런데 그냥 싹 쓸려 버리다니…….

"이놈들은 전부 근육 없는 슈퍼 헤비급이야."

"고도비만이란 소리잖아, 그거."

"그런 거지. 천 년 동안 체중만 늘렸지 그걸 근육으로 만드는 과정을 안 거쳤으니 이렇게 털릴 수밖에."

이들에게 있어서 전쟁은 언제나 남의 일이었다.


언젠가 자신들이 싸울 날이 오겠지만, 그 언젠가는 아득히 먼 훗날이다.

이곳은 절대적으로 안전하다. 그 누구도 자신들을 위협하지 못한다.

다른 세계의 비극과 파멸을 즐겁게 구경하며 언젠가, 그 언젠가를 대비하면 된다…….


그런 사고방식에 푹 절어 있는 놈들이 전투 기술을 단련할 리가 없지 않은가?

본래 전투원이었던 자들조차 시간 속에서 녹슬어갔을 뿐이다.

"방어막 중심부는 저기야. 보기만 해도 알겠지?"

이비연이 한 지점을 가리켰다.

눈에 보이는 모든 것이 파괴되었는데도 멀쩡한 두 장소가 있었다.

하나는 산을 등지고 도시의 북쪽에 웅장하게 솟아 있는 왕궁.

또 하나는 도시의 중심부에 솟아난, 투명한 느낌이 드는 상앗빛 탑이었다.

압도적인 파괴력 앞에서도 멀쩡한 것만 봐도 탑이 얼마나 강력한 힘에 수호받는지 알 수 있다. 이 탑이야말로 도시를 감싼 '불굴의 벽'의 중심이었다.

쿠과과광!

용우는 곧바로 필멸자의 세계를 발동, 상앗빛 탑을 부숴 버렸다.

그러자 아직까지도 도시를 감싸고 있던 불굴의 벽이 와해되기 시작했다.

"저 궁전은 별개의 힘으로 보호받고 있나 본데."

"그래 봤자……."

용우가 말할 때, 주변에 무수한 기척이 나타나기 시작했다.

다수의 초월권족 전투원들이 텔레포트해서 나타난 것이다.

완전 무장한 35명의 초월권족 전사들이었다.

"이 악적들! 너희들이 무슨 짓을 저질렀는지 알고 있는 거냐?"

"고작 서른다섯인가? 방금 전에 날아간 병력이 꽤 뼈아팠나 보군."

분기탱천한 지휘관의 말을, 용우는 싹 무시하고 중얼거렸다.

"멋대로 나불거리는 것도 거기까지다."

지휘관이 서늘한 분노를 실어 말했다.

"호오. 이런 걸 감춰두고 있었나?"

용우가 눈을 빛냈다.

35명에 이어 또 한 명이 나타났다.

백은의 머리칼을 지닌 화려한 용모의 여전사였다. 황금색 눈동자에는 붉은빛이 어른거렸고, 전신을 이글거리는 불꽃이 휘감고 있었다.

"천 년 만의 적이여."

그렇게 말한 여전사는 다른 초월권족을 훨씬 능가하는 마력을 자랑하고 있었다.

뿐만 아니다. 지금 이 순간에도 계속해서 마력이 상승한다.

그녀는 황금빛을 띤 검으로 용우를 겨누며 말했다.

"나는 탈라. 왕을 수호하는 일곱 검의 일원이다."

탈라를 본 용우가 피식 웃었다.

"이놈들, 종말의 군주에 대응하는 존재를 만들어내는 비술을 감추고 있었던 거였군."

탈라의 마력은 폭발적으로 상승하고 있었다. 원래의 그녀를 몇 배나 능가했는데도, 아직도 끝을 모르고 상승해 간다.

"성좌의 화신이라고 한다."

"뭐?"

"너희들을 심판할 존재의 이름이다. 쉽게 죽을 수 있다는 기대는 버리는 게 좋을 것이다."

분노한 탈라의 살기가 신호가 되었다.

전투가 시작되었다.


＊　　　　＊　　　　＊


"불굴의 벽이 무너지다니……."

왕의 앳된 목소리가 떨리고 있었다.

절대로 있을 수 없다고 생각한 일이 일어났다. 그 사실이 가져온 충격은 컸다.

"괜찮겠나? 탈라가 저들을 막을 수 있을까?"

"그녀는 이미 성좌의 화신이 되었습니다."

성좌의 의식을 받아들인 존재, 성좌의 화신.

그것은 구세록의 초월권족이 종말의 군주를 쓰러뜨리기 위해 준비한 결전 병기였다.

구세록에 비축된 영적 자원을 대량으로 소모하여 발동, 한정된 시간 동안 종말의 군주를 능가하는 힘을 갖게 된다.

그 대가는 죽음.

하지만 구세록의 초월권족에게 있어서 죽음은 끝이 아니다. 얼마든지 부활할 수 있는 그들에게 있어서 그것은 감수할 만한 리스크에 불과했다.

"하지만 아직 완전치 못하죠."

성좌의 화신에게는 두 가지 약점이 있었다.

첫 번째는 마력이 최고점에 도달할 때까지 충분한 시간이 필요하다는 것.

두 번째는 사용자가 그 힘에 익숙해질 시간이 필요하다는 것.

당연한 일이다. 본래 자신이 다루던 힘보다 아득히 큰 힘을 갑자기 떠안게 되는데 그걸 갑자기 능숙하게 다룰 수 있겠는가?

탈라는 마력이 최고점의 3할에 달한 타이밍에 나섰다. 그것만으로도 어마어마하지만, 서용우와 이비연을 확실히 쓰러뜨릴 수 있을지는 미지수였다.

"그러니 그녀가 막아주는 동안, 확실한 수단을 준비해야겠습니다."

"어떤 수단 말인가?"

"시험 운용이라고 말씀드렸지요. 하는 김에 일곱 명 전원이 나서겠습니다."

한꺼번에 구현할 수 있는 성좌의 화신은 7명.

"저도 나서겠습니다."

라무스 장군도 한 번의 죽음을 감수하며 싸울 것을 결단했다.

그런 그가 믿음직스러워서였을까? 침착함을 되찾은 왕이 말했다.

"그럴 필요까지 있겠는가?"

"우리의 명운이 걸린 일입니다. 확실하게 해둬야 합니다. 만약 헛수고로 끝난다면… 그건 오히려 기뻐할 일이겠죠."

라무스는 곧바로 전투준비에 들어갔다.


＊　　　　＊　　　　＊


탈라가 벼락처럼 용우에게 달려들었다.

쾅!

용우와 탈라가 격돌하자 그 여파로 도시의 폐허 전체가 뒤흔들렸다.

'아직이군.'

탈라의 눈이 빛났다.

그녀의 공격을 정면으로 받은 용우가 밀리지 않았다. 그녀가 다음 공격을 취하기 전에 반격해 오고 있었다.

현재 그녀의 마력은 성좌의 화신 최고 도달점의 3할을 넘었다. 그것만으로도 다른 초월권족 전사들을 한참 능가하는 수준이다.

그런데도 용우를 전혀 압도하지 못하고 있었다. 용우의 마력 또한 그 수준은 된다는 뜻이다.

'조급해하면 안 된다. 승부를 서두르지 말고 차분하게 싸워나가자.'

탈라는 제1세계에서 이름난 전사였다. 그러나 그런 그녀도 마지막으로 실전을 겪은 지는 너무나 오래되었다.

당장의 위기감이나, 치열한 목적 의식이 없었기에 훈련도 설렁설렁 해왔다. 그런 세월이 천 년 이상 누적되고 말았다.

그렇기에 목숨이 칼끝에 걸린 듯한 실전의 긴장감은 탈라가 냉정을 유지하기 어렵게 만들었다.

'시간은 내 편이다. 시간이 지날수록 내가 유리해져. 어차피 이 싸움은 내 승리로 끝난다.'

탈라는 열심히 자신을 달래며 싸움에 임했다.

—공허 가르기!

탈라가 공간을 뛰어넘는 검격을 날렸다.

여기서는 카운터 스펠로 봉쇄하는 게 정석이다. 하지만 용우는 그렇게 하는 대신 가볍게 몸을 흔들어 피해 버렸다.

쾅!

그리고 거리를 좁히면서 날린 검격이 탈라의 돌진을 저지했다.

—염동충격탄 동시다발!

탈라는 미련 없이 뒤로 빠졌고, 그 틈으로 다른 초월권족의 공세가 날아들었다.

—이레귤러 바운드!

용우는 불규칙적으로 공간을 도약하는 에너지탄 다발에 카운터 스펠, 공허 문지기를 날렸다. 그런데 그때였다.

—공허 문지기!

초월권족 일곱 명이 동시에 똑같은 스펠을 발하는 게 아닌가?

'이런!'

이 상황에는 용우도 놀랐다.

날아오는 화살을 화살로 쏴 맞히는 것이나 다름없는 묘기.

하지만 강대한 마력의 소유주 일곱 명이 아주 근소한 시간 차를 두고 연속적으로 같은 스펠을 발하면 어떻게 될까?

그중 하나는 카운터로 들어가게 된다.

콰콰콰쾅!

타이밍을 빼앗긴 용우에게 에너지탄 다발이 작렬했다.

"훗! 어떠냐?"

탈라가 회심의 미소를 지으며 공격을 날렸다.

―폭염구(暴炎球)

불꽃의 구체 수십 발이 용우를 추격했다.

화아아아아악!

한 발, 한 발이 폭발할 때마다 주변이 불꽃으로 뒤덮인다.

평범한 인간이라면 숨 쉬는 것만으로도 죽어버릴 초열지옥 이다. 그러나 탈라는 초월권족을 수호하는 성좌―불꽃의 활 의 권능을 받은 화신.

불꽃은 그녀의 편이었다. 불꽃이 지배하는 영역이 늘어날 수록, 열기가 강해질수록 그녀도 강해진다. 또한, 그녀가 아군 으로 인식한 존재들은 그 가호를 나눠 받아 불꽃에 의한 피해 로부터 자유로웠다.

용우는 폭발하는 불꽃을 뚫고 솟구쳤다. 그런 그에게 초월 권족들이 일제히 공격을 가한다.

콰과과과과······!

어마어마한 대공 포화가 쏟아지면서 하늘이 온통 섬광과 불꽃으로 물들었다.

그리고 그 중심부에서 마력을 집중한 탈라가 아공간에서 다섯 자루의 창을 꺼냈다.

—초열투창! 이레귤러 바운드!

초음속으로 쏘아진 다섯 자루 창이 불규칙하게 공간을 뛰어넘으면서 용우를 노렸다.

막강한 화력에 떠밀린 용우 입장에서는 도저히 회피 불가능한 공격이었다. 공간 간섭계 스펠은 발하는 순간 봉쇄당할 터.

하지만 용우의 눈동자는 서늘하게 가라앉아 있었다.

—프리징 필드!

일순간 용우를 중심으로 한기 파동이 폭발했다.

"음?"

탈라가 놀랐다.

그녀가 초열투창으로 쏜 창은 하나하나가 도시 하나를 꿰뚫고도 남을 관통력이 담겼다. 그런데 용우가 한기 파동을 폭발시키자 얼어서 멈춰 버리는 게 아닌가?

"어떻게?"

방금 전의 방어법은 용우의 마력이 그녀보다 월등히 위여야 가능하다.

'그럴 리가?'

이 시점에서 탈라의 마력은 최고점의 4할에 이르렀다. 아무리 용우의 마력이 강해도 그녀를 압도하는 수준일 리는 없지 않은가?

'융합체의 힘인가?'

이 모든 것이 시작된 이후 처음으로 등장한 기적의 산물, 성좌의 무기 융합체.

그 위력은 아직 미지수였다.

용우는 계약자가 아니기에 성좌의 무기에 내재된 힘을 제대로 끌어낼 수 없다. 하지만 성좌의 무기 다수와 군주 코어 다수를 융합시킨 결과물을 함부로 재단하는 것은 위험하다.

"확실히 좀 싸울 줄 아는 놈들이군."

용우는 적의 실력을 인정했다. 초전에서 전멸시킨 66명보다는 훨씬 잘 싸우는 놈들이다. 게다가 마음가짐이 달라서 용우와 이비연을 전혀 얕보지 않고 잘 연계해 가면서 싸우고 있었다.

"좀 더 놀아줄까 했는데… 뒤에서 벌어지는 일을 보니 안 되겠군. 탈라라고 했나? 일단 너는 죽어줘야겠다."

"뭐?"

황당할 정도로 오만방자한 용우의 말에 탈라는 어이가 없었다.

─형상 복원!

영롱한 빛을 발하는 새벽의 망치 모조품이 용우의 손에 나타났다. 용우가 그것을 던지자 일순간에 극초음속으로 가속하면서 탈라를 급습한다.

꽈아아아앙!

탈라가 펼친 방어막이 그것을 튕겨내었다.

곧바로 탈라가 준비했던 스펠을 펼쳤다.

─초열결계(焦熱結界)!

사방을 집어삼킨 화염이 소용돌이치며 주변을 감싸는 장막으로 화한다.

그리고 그 안은 숨 쉬는 순간 몸 내부부터 불타 죽어버릴 정도의 초고열이 지배하는 공간으로 화했다.

"여기가 네 무덤이다!"

불꽃이 탈라의 힘이 된다. 탈라가 초열결계의 힘을 일거에 용우에게 퍼부으려는 순간이었다.

용우와 그녀의 시선이 마주쳤다.

탈라가 예상했던 것과는 전혀 다른 눈빛이었다. 지금은 용우에게 있어서는 절체절명의 위기 상황일 것이다. 그런데도 그의 눈에서는 위기감이나 두려움은 조금도 찾아볼 수 없었다.

용우가 가소롭다는 표정으로 마력을 개방했다.

"……!"

순간 탈라는 경악한 나머지 공격 발동을 멈추고 말았다.

마치 댐이 무너져서 최고 수위로 고여 있던 물이 일거에 쏟아지는 것 같았다. 탈라와 비슷한 수준으로 조절되고 있던 용우의 마력이 폭발적으로 증가하기 시작했다.

"성좌의 화신보다도, 마력이 위였다고?"

탈라가 경악했다.

심지어 용우의 마력 상승 속도가, 탈라의 마력이 상승하는 속도보다 훨씬 빨랐다. 그녀가 놀라서 굳어 있는 동안에도 둘의 마력 격차가 죽죽 벌어진다.

"성좌의 화신이라, 좀 놀랐다. 너희들은 확실히 종말의 7군주와 맞설 만한 히든카드를 갖고 있었군."

용우는 성좌의 화신이라는 미지의 힘이 어느 정도인지 알아보고 싶었다. 그래서 곧바로 승부를 내는 대신 적당히 놀아주고 있었다.

하지만 이제는 놀아줄 여유가 없어졌다. 왕궁 안쪽에서 꿈틀거리는 6개의 기척을 감지했기 때문이다.

"너희들의 실수를 알려주지."

용우의 눈이 흉흉하게 빛났다.

"눈앞에서 과정을 다 보여주면서 변신하는데 멀뚱멀뚱 지켜봐 주길 기대하는 게 잘못이다."

이대로 두고 보면 종말의 군주와 대등한 수준까지 상승할 것이다. 어쩌면 능가할지도 모른다.

하지만 아직은 절반 수준에 불과하다. 그리고 용우는 탈라가 완전체가 될 때까지 기다려 주지 않을 것이다.

"이익……!"

상상을 초월하는 상황에 얼어붙어 있던 탈라는 흉흉한 살기에 정신을 차렸다.

하지만 그녀가 멈췄던 공격을 가하는 것보다 용우가 빨랐다.

"죽어라."

용우가 한줄기 섬광이 되어 탈라를 지나쳤다.

"어……?"

탈라가 놀라서 뒤를 돌아보았다. 그곳에 용우가 양손 대검을 휘두른 자세로 서 있었다.

그리고 그녀가 손을 뻗는 순간…….

콰아아아아아아!

주인도 모르게 갈라진 심장이 폭발했다.


3


일순간 전장에 정적이 내리깔렸다.

"이, 이럴 리가……."

부하들을 지휘하여 이비연에게 맹공을 퍼붓던 지휘관의 목소리가 떨려 나왔다.

그들의 결전 병기, 성좌의 화신이 단 일격에 무너졌다.

믿을 수 없는 결과였다. 아니, 믿기 싫은 현실이라고 해야 할까?

"그럼 이제 이놈들을 치울 차례네."

이비연이 손가락을 튕겼다.

쾅!

폭음이 울리며 지휘관이 튕겨 나갔다.

"뭐야?"

다른 초월권족이 놀랄 때였다.

쾅!

또 한 명이 뭔가에 맞고 나가떨어졌다.

"저, 저격인가?"

한 발을 막아낸 초월권족이 공격이 날아든 방향, 하늘을 올려다봤을 때였다.

쾅! 콰콰콰콰콰쾅……!

하늘에서 섬광이 비처럼 쏟아져 내리기 시작했다.

피할 길이 없는 공격이었다. 사방팔방 어디를 봐도 수만 개의 섬광이 쏟아져 내리고 있었으니까!

'하늘이…….'

부질없는 발버둥을 하던 초월권족은 피할 길 없는 섬광 너머의 풍경을 보았다.

빛이 하늘을 집어삼키고 있었다.

그 규모는 반경 수백 킬로미터에 달한다. 거대한 빛의 결계는 그만한 덩치를 지녔으면서도 탐욕스럽게 하늘을 집어삼키면서 확장을 거듭했다.

—광휘의 세계수!

이비연이 구현한 빛의 결계였다.

그녀는 초전에서 용우가 발한 종말급 스펠 '땅 위의 태양'으로 발생시킨 에너지를 변환, 자신의 마력과 융합해서 하늘로 쏘아 올렸다. 그리고 그 에너지를 순환 및 확장시키면서 저토록 거대한 빛의 결계를 구축한 것이다.

그 규모는 예전, 용우와 싸웠을 때 구현한 것보다도 월등히 컸다. 이제는 하늘 위에서 쏟아지는 태양빛을 흡수해서 무한의 동력원으로 변해 있었다.

용우가 굳이 불굴의 벽을 걷어낸 이유가 바로 광휘의 세계수였다. 이비연의 전력을 최대치로 끌어올리기 위해서.

'환영과 마력 은폐 결계로 가려놓고 있었던 건가!'

저토록 거대한 빛의 덩어리를 보지 못했을 리가 없다.

이비연이 방금 전까지 대규모 환영으로 감춰두었던 것이다.

물론 그런 환영은 이 자리의 초월권족들이라면 조금만 주의를 기울였어도 간파할 수 있었으리라.

하지만 당장 눈앞에 거대한 존재감을 발하는 적이 있는데 하늘이나 쳐다볼 수 있겠는가?

"이건… 이럴 수는 없어!"

초월권족들은 필사적으로 재앙에 저항하고 있었다.

방어막과 허공장으로 섬광을 막고, 비껴내고, 블링크로 공간을 뛰어넘는다.

그러나 도망칠 수가 없다.

유일한 방법은 텔레포트로 초장거리 공간 도약을 하는 것뿐인데……

─공허 문지기!

그것만은 용우와 이비연이 용납하지 않는다.

블링크로 이동 가능한 좁은 권역에 갇힌 채 압도적인 화력에 짓눌려가고 있었다.

─선다운 버스트 연속……

"고맙기도 하지."

그리고 그 상황을 바꾸기 위해 대규모 스펠을 발하려고 하면, 그 순간 용우와 이비연이 그 틈을 찌르고 급습해 온다.

콰직!

"크, 아……!"

이비연에게 심장을 꿰뚫린 초월권족이 허우적거린다.

그들에게 있어서 죽음은 끝이 아니다. 그리고 이것은 고작 한 번의 죽음일 뿐이다.

그 사실을 잘 알고 있는데도……

"살아날 수 있어도, 죽음이 익숙하진 않은가 보네? 얼마든지 되살아날 수 있으면 미리 연습 좀 해두지 그랬어?"

이비연이 잔인하게 속삭이며 그의 숨통을 끊었다.

"아직도 부질없는 희망에 매달린다니, 동정을 금치 못하겠군."

용우는 절망에 허우적거리는 그들을 보며 웃었다.

이대로 즐겨도 좋겠지만 그것만으로는 그의 복수심이 만족하지 못한다. 내면에 자리 잡은 흉포한 악의가 더 잔인한 복수를 속삭이고 있었다.

─필멸자의 세계!

그리고 용우는 그 속삭임을 거부할 이유를 찾지 못했다.

용우를 중심으로 주변 반경 10미터가 흐릿해졌다. 모든 것이 열화된 것 같은 그 영역 안에는, 용우의 손에 목을 붙잡혀 제압당한 초월권족 하나가 존재하고 있었다.

"잘 봐둬라."

용우의 선언이, 아직 살아 있는 초월권족들에게 똑똑히 전달되었다.

"너희들이 믿고 있는 불멸이 허상에 불과하다는 걸."

거대한 양손 대검의 형태를 띤 성좌의 무기 융합체─네불라가 빛을 발하며 초월권족의 심장을 꿰뚫었다.

"……!"

그 광경을 본 초월권족들은 심장이 떨어지는 것만 같은 충격에 휩싸였다.

"말도 안 돼……."

그들은 공포로 몸을 떨었다.

"그럴 수는 없어!"

있을 수 없는 일이 일어났다.

용우가 그들을 비웃었다.

"약속하지. 너희들에게 다음은 없어. 오늘로 모든 게 끝이야."

그 일격으로 그들의 동족이 소멸했다.

부활하기 위해 필요한 것, 영혼마저도 부서져서 흩어졌다.

그것이 의미하는 바는 하나뿐이었다.

"으아아아아악!"

지금 그들의 눈앞에서 동족 하나가 진정한 죽음을 맞이했다.

초월권족 전사들은 패닉에 빠졌다. 이 상황에서 그들을 지탱하고 있던 것은 얼마든지 부활할 수 있다는 사실뿐이었다. 그런데 용우가 그 믿음을 파괴해 버린 것이다.

아직 생존해 있던 15명 중 절반은 눈앞의 상황조차 잊고 몸을 돌려서 도망치기 시작했다.

"아, 고작 이걸로 전의를 상실했나? 유감이군."

물론 용우는 단 한 명도 도망치게 놔줄 생각이 없었다.

파파파파파파!

온통 빛으로 가득한 하늘에서 빛의 호우가 쏟아지는 가운데, 영생과 불멸을 믿었던 자들이 하나씩 하나씩 죽어간다.

장구한 세월을 살아온 자들은 피할 수 없는 죽음 앞에 절규했다.

어린아이처럼 울었다.

그리고……

마침내 비가 그쳤다.

＊　　　＊　　　＊

섬광의 비가 그치자, 세계에서 소리가 사라진 것만 같았다.

물론 착각이었다.

지금 이 순간에도 세계에는 소리가 가득하다. 급격한 온도 변화로 인해 바람이 휘몰아치는 소리가, 그리고 아직 잦아들지 않은 땅이 진동하는 소리가, 피어오른 흙먼지가 움직이는 소리가…….

오직 의지를 갖고 말을 하는 존재가 지워졌을 뿐.

"오는군."

그리고 용우가 그 제한된 침묵을 깨고 속삭였다.

결판이 나기까지는 순식간이었다.

탈라가 죽고 나서 나머지가 몰살당하기까지는 채 2분도 걸리지 않았으니까.

하지만 때로 2분은 제법 긴 시간이기도 했다.

특히 시간을 필요로 했던 초월권족들에게는 세상에서 가장 귀중한 2분이었을 것이다.

쿠구구구구구……!

주변 가득한 흙먼지를 뚫고 빛이 솟구쳤다.

하나가 아니다.

여섯 개의 빛이 차례차례 밝혀지며 거대한 마력이 요동치기 시작했다.

광휘.

굉음.

뇌전.

빙설.

대지.

새벽.

탈라에게 주어졌던 불꽃을 제외한, 여섯 성좌의 힘을 가진 존재들이 용우와 이비연 앞에 모습을 드러냈다.

\*      \*      \*

초월권족의 결전 병기, 성좌의 화신 여섯이 모였다.

그것은 마력만으로 보면 종말의 군주 여섯이 한자리에 모인 것과 같다.

그 힘의 설계 의도대로라면 그랬어야 했다.

"시간이 부족했겠지. 하지만 올 수밖에 없었을 거야."

용우가 그들을 비웃었다.

6명 모두 마력이 상승 중이었다. 최고점이 도달하기까지는 아직도 더 시간이 필요했다.

그럼에도 그들이 나온 것은, 나올 수밖에 없었기 때문이다.

용우와 이비연이 왕궁의 방어막을 깨고 진입하기 전에 막아야만 했으니까.

"그래도 이 정도라니, 상당히 빠르네."

이비연이 중얼거렸다.

초월권족들이 굼뜬 것은 아니었다. 지구의 군대만 봐도 알 수 있지 않은가? 사태가 터지고 나서 5분 안에 전투력을 갖추고 출격할 수 있다면 그건 신속함의 극한이라고 할 수 있다.

"약탈자들이여."

점잖은 인상의 청년, 광휘의 화신이 입을 열었다.

용우는 그의 말을 듣지 않고 말했다.

"저놈만 살려두자."

투명한 빛을 휘감은 새벽의 화신, 라무스를 가리키면서.

"라지알 본인이라고 해도 믿을 정도로 닮은 게 신기하니까."

라지알과 한번 봤을 뿐인 용우도 한눈에 알아볼 수 있을 정도로 쏙 빼닮은 용모였다.

"그러게. 형제인가?"

"부친일지도 모르지. 어쨌든 혈육일 거야."

광휘의 화신은 말문이 막혔다. 이만한 마력을 가진 존재 여섯을 안중에도 없다는 듯이 무시하다니?

"이토록 오만방자한 자들은 처음 보는군."

"혹시 너희 문명에는 거울이 없냐?"

"뭐?"

"거울이 있으면 매일 같이 보고 살 거 아냐. 근데 처음 본다니까 거울이 없나 했지."

"예의도 모르고, 품격도 없는 놈이로구나. 그런 힘을 가졌으면서도……."

"오빠. 괜히 상대해 주지 마. 시간 지날수록 귀찮아지는 거 뻔히 알면서."

이비연이 대화를 자르면서 손가락을 튕겼다.

콰콰콰콰콰콰!

그리고 다시금 빛의 호우가 쏟아지기 시작했다.

"얕은 수작이다!"

광휘의 화신이 양손을 합장했다. 그러자 빛의 호우가 양쪽으로 갈라지는 게 아닌가?

─선다운 버스트 연속 투하!

그리고 하늘에서 가느다란 빛들이 연달아 떨어져 내리며 폭발했다.

콰아아아아아!

전술핵급 대폭발이 연달아 터지면서 빛의 호우를 밀어내었다.

이비연은 미련 없이 빛의 호우를 취소했다. 광범위한 지역을 무한 난타하는 것이 빛의 호우가 가진 강점이다. 그 타격을 무효화할 수 있는 적이라면 다른 방법을 쓰는 편이 낫다.

파지지지직!

그런 그녀에게 광휘의 화신이 돌진해 왔다.

"네놈들에게 겸손을 가르쳐 주마."

그뿐만이 아니다. 사나워 보이는 인상의 여자, 빙설의 화신도 합공을 가했다.

"오호라. 오빠는 무섭지만 나는 둘이면 충분하다, 그렇게 판단하셨구나?"

"방심한 자신을 원망해라."

광휘의 화신이 맹공을 퍼부으며 말했다.

전투가 시작되기 전, 용우와 이비연은 느슨하게 거리를 두고 떨어져 있었다. 완벽한 연계를 포기한 그 포진이야말로 여섯 화신이 찌를 수 있는 틈이었다.

'시간이 지날수록 우리가 유리해진다.'

지금 이 순간에도 그들의 힘은 계속해서 오르고 있다.

용우와 이비연과 대적하기 위해 소모되는 마력은 막대하다. 그럼에도 매 순간 그들에게 공급되는 마력이 훨씬 더 컸다.

"과연 그럴까?"

문득 이비연이 웃었다.

파악!

그리고 그녀의 검이 불가사의한 궤도를 그리며 광휘의 화신을 베고 지나갔다.

"으윽!"

광휘의 화신이 당황했다. 조금 전까지만 해도 수비에만 전념하던 이비연이다. 그런데 한순간에 공세로 전환하면서 그에게 상처를 입힌 것이다.

'이 움직임은 뭐지?'

이 자리에 모인 여섯 화신은 '왕을 지키는 일곱 검'이라 불리는 자들이다.

앞서 죽은 탈라가 소속된 이 집단은 왕궁을 수호하던 근위기사단의 지휘관들이다. 구세록의 초월권족 중에서는 마력과 전투 기술이 가장 뛰어난 자들이기도 했다.

그런데도 이비연의 움직임을 간파할 수가 없다.

파직!

몇 초 지나지 않아서 또다시 이비연의 검이 그의 팔을 스치고 지나갔다.

섬뜩했다. 마력이 조금만 낮았다면 허공장을 뚫고 피를 봤을 공격이었으니까.

'무서운 검술!'

광휘의 화신은 인정할 수밖에 없었다.

둘이서 합공하는 상황이 아니었다면 벌써 자신의 목이 떨어졌을지도 몰랐다는 것을.

이비연의 움직임은 기묘했다. 분명 움직임을 놓치지 않은 채 보고 있는데도 공격의 조짐을 파악할 수가 없었다.

게다가 움직임이 예측대로 이뤄지질 않는다. 최대한 많은 경우의 수를 상정하고 맞붙어도 어느 순간 생각지도 못한 허점을 찔리고 있다.

'마력도 생각보다 강하다.'

더 문제가 되는 것은, 이비연의 마력이 그들이 예상한 것보다 강하다는 점이다.

지금의 그들은 최고 도달점의 5할을 넘었다. 전원이 탈라가 죽기 전보다 강한 수준이다.

그런데도 이비연을 밀어붙일 수가 없다.

단순히 전투 기술만의 문제가 아니다. 이비연의 마력이 예상외로 강해서 화력전으로 몰고 갈 틈을 만들 수가 없었다.

'어째서지? 융합체 때문인가? 융합체의 성능이 도대체 어느 정도인지 모르겠군.'

이비연은 초전에서 아티팩트급 장비 두 개를 추가로 노획해서 총 세 개를 장착하고 있다. 그리고 굉음의 도끼와 뇌전의 사슬을, 소우바 코어를 매개체로 융합시킨 굉뢰까지 쓰고 있다.

이 무구들의 상승효과는 굉장할 수밖에 없다. 그럼에도 성좌의 화신 두 명의 맹공을 수월하게 받아내는 것은 납득이 되지 않았다.

"딴생각할 정도로 여유가 넘치나 봐?"

문득 이비연이 속삭였다.

'아차!'

의문 때문에 잠깐 주의가 흩어졌기 때문일까?

퍼엉!

이비연의 발차기가 그를 때렸다.

그 공격에 실린 뇌격이 광휘의 화신의 허공장을 뚫고 들어왔다.

"크윽……!"

그리고 연타가 들어온다. 광휘의 화신은 내려치는 검격을 방어했지만…….

파악!

이비연의 검격이 공간을 뛰어넘어서 그의 몸통을 베고 지나갔다.

'초공간 검술인가! 이런 기술까지……!'

앞에서 휘두른 검이 뒤를 베고, 옆을 노리던 검이 머리 위에서 내리꽂히는 예측 불허의 초공간 공세!

콰과광!

그리고 베인 부위에서 뇌광이 폭발하면서 광휘의 화신을 튕겨내었다.

"하나 줄이고!"

이비연이 결정타를 넣기 위해 뛰어들었다.

빙설의 화신은 그것을 두고 보지 않았다.

화아아아악!

앞에 띠처럼 나타난 극저온의 빙결 섬광이 이비연을 저지했다.

주춤한 이비연에게 빙설의 화신이 돌진해 왔다. 서리 맺힌 쌍검이 변칙적인 궤도로 이비연을 노리는 순간이었다.

"어?"

일순간, 세상이 둘로 나뉘는 것 같은 착각이 들었다.

"뭐, 가……?"

빙설의 화신은 자신의 목소리가 바람 빠지는 소리처럼 들린다는 사실에 놀랐다.

한 박자 늦게 깨달음이 찾아왔다.

'베였어.'

하지만 무엇에?

의문에 사로잡힌 그녀의 눈이, 용우의 눈과 마주쳤다.

용우는 허공에 검격을 날린 자세를 취하고 있었다.

'아.'

빙설의 화신은 전후 사정을 깨달았다.

"응. 네 생각이 맞을 거야, 아마도."

그리고 그녀의 등 뒤에서 이비연이 속삭였다.

파학!

몸통이 잘린 빙설의 화신을 정수리부터 두 동강 내버리면서.

콰과과과과과······!

용우의 검격과, 이비연의 검격이 교차한 지점에서 폭발이 일어나면서 빙설의 화신을 갈가리 찢어버렸다.

그것을 본 광휘의 화신은 전율했다.

'그 상황에서, 그걸 노리고 있었다고?'

이비연이 광휘의 화신을 원하는 지점으로 끌어들이고, 그 순간을 노려서 용우가 공격을 가했다. 네 명의 적을 상대하느라 정신없어 보였던 용우가 날린 공격이 빙설의 화신을 직격해서 두 동강 내버린 것이다.

'우리는 놈들이 연계하기 전에 허점을 찔러 분단시켰다고 생각했다. 그러나 사실은······.'

그는 한 가지 공포스러운 가능성을 떠올렸다.

'그렇게 생각하게 만드는 함정에 빠졌을 뿐이었나?'

4

전율하는 광휘의 화신 앞에 이비연이 내려섰다.

단발머리를 쓸어 넘기며 활짝 웃는 그녀가, 광휘의 화신에게는 너무나 두려워 보였다.

"슬슬 나한테는 부담스러운 수준인걸? 이쯤에서 끝내야겠어."

성좌의 화신들의 마력은 여전히 상승 중이다. 한 명을 해치우는 사이 그들의 마력은 최고점의 6할에 가까워지고 있었다.

"지금의 우리와 필적하는 마력이라고? 처음부터?"

광휘의 화신은 아연해졌다.

조금 전, 빙설의 화신을 처치하는 순간 이비연은 이 전투가 시작된 이래 처음으로 최대 출력을 드러냈다. 그리고 그것은 광휘의 화신이 예상했던 수준을 훨씬 뛰어넘었다.

"광휘의 세계수, 이런 응용도 가능했단 말인가?"

"그런 것도 몰랐어?"

이비연이 웃었다.

광휘의 세계수가 이비연의 결전 병기로 불렸던 이유는 단순히 광범위한 화력 지원 때문만이 아니다. 그것은 일단 구현되고 나면 끊임없이 확장해 가면서 이비연에게 무한히 마력을 제공해 주는 반칙적인 동력원이다.

용우가 그녀와 싸웠을 때, 광휘의 세계수를 봉인하기 위해 철저히 준비했던 것에는 그런 이유가 있었던 것이다.

용우가 중얼거렸다.

"그래. 슬슬 부담스러워지긴 하는군. 수를 줄여야겠어."

"뭐라고?"

용우를 포위하고 맹공을 퍼붓던 4명에게는 어이없는 말이었다.

물론 빙설의 화신이 당한 것은 뼈아픈 타격이었다. 용우에게 의표를 찔린 것을 인정할 수밖에 없다.

하지만 용우는 직접 상대하는 4명에게는 이렇다 할 타격을 주지 못했다. 4명의 연계가 워낙 촘촘했고, 방어에 신경을 썼기 때문이다.

그런데도 이토록 광오한 소리를 하다니?

"도발이라기에는 너무 황당한 소리군. 우리야말로 본실력을 보여주지."

라무스가 눈을 빛냈다.

―박제된 찰나!

동시에 그가 받은 성좌―새벽의 해머의 권능이 발동되었다.

그를 포함한 네 명이 일제히 초가속 상태에 들어갔다. 그들은 뒤로 물러나면서 강력한 스펠들의 십자포화를 퍼부었다.

"0점짜리 선택이다."

그 순간, 용우의 목소리가 그들의 귓가를 파고들었다.

'뭐야?'

일반인은 '말'이라고 인식할 수 없을 정도로 빠른 발음의 나열.

그것은 초가속에 들어간 네 화신의 시간 감각으로는 평범하게 '다른 언어'로 들려오는 말이었다.

─오만의 거울 광역화!

네 화신이 퍼부었던 십자포화가, 용우가 구현한 에너지막에 튕겨 되돌아왔다.

─겸허의 거울 광역화!

10만분의 1초 차이로 또 다른 스펠이 발동한다. 오만의 거울을 깨고 들어간, 검을 형성해서 날리는 것처럼 물질을 형성해서 쏘아내는 공격들마저 튕겨 되돌아왔다.

콰과광! 콰과과과광……!

네 화신은 되돌아온 공격들을 방어하느라 정신이 없었다.

그 혼란 속에서 라무스는 섬뜩한 사실을 깨달았다.

'우리보다 빨랐다.'

용우의 반응이 그들보다 빨랐다.

그 사실이 의미하는 바는 하나였다.

용우는 일찌감치 초가속 상태에 들어가 있었다. 그것도 그와 싸우는 4명이 알아차리지도 못할 정도로 은밀하게.

'이탈해서 재정비해야 한다.'

흩어진 상태로는 각개격파당한다. 빠르게 우선순위를 결정한 라무스가 지시를 내리려는 순간이었다.

용우가 폭발을 뚫고 쇄도해 왔다.

"제기랄!"

판단과 행동 모두 용우가 한발 앞서가고 있다.

라무스는 천 년의 세월 동안 녹슬어 버린 자신의 판단력을 원망했다. 그가 눈앞에 닥쳐온 용우를 요격하기 위해 공격하는 순간이었다.

'이런……'

용우의 모습이 사라졌다. 그에게 돌진해 온 용우는 환상에 불과했던 것이다.

'당했다!'

이런 상황에서 환상으로 눈속임을 하는 것이 무슨 의미가 있을까?

'타이밍을 빼앗겼어……!'

그들 개개인은 용우보다 마력이 훨씬 뒤떨어진다. 하지만 4명이 합공함으로써 용우가 힘을 모으거나, 연속적으로 공격을 가할 수 없도록 타이밍을 빼앗고 있었다.

그런데 일제히 퍼부었던 공격이 반사되는 바람에 그 연계가 흐트러졌다.

그리고 혼란 속에서 환상에 속아 넘어가는 바람에 한 번의 타이밍을 빼앗기고 말았다.

그들이 환영에 속아 넘어가서 주춤하는 시간.

그 짧은 시간은…….

"크악!"

용우가 한 명을 베어버리기에는 충분한 시간이었다.

뇌전의 화신이 당했다.

용우가 내려친 검이 그의 몸통을 비스듬하게 가르고 지나
갔다. 그리고 피보라가 뿜어져 나오기도 전에 다시 되돌아온
검이 머리통을 날려 버렸다.

'지금까지의 교전만으로도 우리 실력을 완전히 파악했단 말
인가?'

라무스는 간담이 서늘해졌다.

뇌전의 화신은 용우를 상대하기 위해 붙은 네 명 중 가장
전투 기술이 뒤처지는 편이었다. 짧은 교전 동안 그 사실을
파악하고 한순간에 쓰러뜨리다니.

'이대로는 무너진다.'

라무스는 위기감을 느끼며 지시했다.

〈모두 상공으로 대피해! 모여서 재정비한다!〉

소음과 흙먼지 때문에 상황을 잘 파악할 수가 없다. 게다가
막 대규모의 스펠이 폭발한 직후라서 마력 탐지로는 모든 것
을 정확히 파악하기가 힘들었다.

그렇기에 라무스는, 일단 모두를 눈에 보이는 곳으로 모으
려 했다.

치명적인 실수였다.

'아.'

라무스는 흙먼지 위로 솟구친 후에야 그 사실을 깨달았다.

그와 같이 솟구친 동료, 굉음의 화신을 용우가 정수리부터 수직으로 베어버리고 있었기 때문이다.

"그건 거리를 벌릴 수 있을 때나 가능한 일이지."

마력과 신체 능력은 물론이고 전투 기술도 용우가 우위에 있다.

그런데 그 앞에서 무작정 거리를 벌리겠다고 솟구친다?

용우에게 치명적인 허점을 드러내는 행위였다.

두 동강 난 굉음의 화신의 시신을 붙잡은 용우가 웃었다.

─에너지 드레인!

통제를 잃은 마력이 급속도로 용우에게 빨려 들어갔다.

그것을 보고 분개한 대지의 화신이 뛰어들었다. 굉음의 화신이 그의 형제였기에 눈이 돌아가고 말았다.

"이놈이! 당장 그만두지 못하겠느냐!"

"뻔한 도발이다! 넘어가지 마!"

라무스가 말렸지만 이미 늦었다.

초가속 상태에서 한순간에 거리를 좁힌 대지의 화신이 검을 휘둘러 공격을 가한다. 용우는 기다렸다는 듯이 그의 검을 향해 자신의 양손 대검을 휘둘렀다.

파지지직!

격렬한 스파크가 꿈틀거리며 공간이 진동했다.

"크으으으윽……!"

대지의 화신이 온 힘을 다해서 용우에게 부딪쳤다.

현재 그의 본신 마력은 최고 도달점의 7할.

그런 그가 마력 증폭기로 출력을 올리고, 아티팩트급 장비의 힘까지 빌리자 용우와도 대등하게 맞설 수 있었다.

"젠장!"

라무스가 가세하기 위해 뛰어들었다.

대지의 화신까지 당해 버리면 모든 게 끝이다. 이대로 마력이 최고점에 도달할 때까지 버텨야 했다.

파파파파파파!

그때 상공에서 쏟아져 내리는 섬광의 비가 라무스의 움직임을 저지했다.

그리고 그 앞에 나타난 이비연의 검이 흉포한 기세로 라무스를 노려왔다.

'그새 당했나!'

설마 이비연이 이 정도로 강했을 줄이야.

빙설의 화신이 죽은 것은 용우와의 연계 때문이었지만, 광휘의 화신은 이비연의 실력을 당해내지 못하고 무너진 것이다.

"비켜라!"

라무스가 검을 휘둘렀다. 위에서 내려치는 검이 옆을 치고, 비스듬하게 올려치는 공격이 등 뒤를 찌른다. 예측 불허의 초공간 공세가 펼쳐졌다.

투쾅!

그러나 그 공격이 막힌다.

이비연 역시 초공간 공세로 맞섰기 때문이다.

"…닮았어."

문득 이비연이 중얼거렸다.

콰콰콰콰콰콰!

라무스와 이비연이 격렬한 검투를 벌였다. 움직임마다 공간을 뛰어넘고, 허공장과 마력을 부딪쳐 가면서 싸우는 여파가 수 킬로미터 저편까지 미치고 있었다.

"겉모습만 닮은 게 아니라 마력 컨트롤도, 검술도 라지알과 닮았네."

타락체 이비연은 욕망이 없는 존재였다. 향상심이 없는 그녀는 전투 기술을 더 갈고 닦는 데 아무런 관심을 보이지 않았다.

그러나 다른 타락체들은 달랐다. 그들은 자신의 기억에 존재하는 전투 기술을 탐구하는 데 관심이 많았다.

라지알 역시 마찬가지였다. 그는 제2세계의 신성한 돌, 지구 인류 출신의 타락체들을 훈련 상대로 삼길 즐겼다. 초월권족의 것이 아닌 이질적인 전투 기술에 관심이 많았던 것이다.

이비연은 수도 없이 라지알의 훈련 상대가 되어주었다. 비록 향상심은 없었지만, 그럼에도 그녀의 전투 기술은 타락체

중에서도 한 손에 꼽을 정도로 뛰어났으니까.

그 경험 때문에 이비연은 라지알의 전투 기술에 대해서 잘 알고 있었다. 아마 라지알과 이비연 만큼 전사로서의 서로에 대해서 잘 아는 이들이 없을 것이다.

"하지만 닮았을 뿐이야."

"무슨 뜻이냐?"

"당신이 라지알보다 훨씬 무디다는 뜻이지."

이비연이 라무스의 공격을 뿌리치며 물러났다.

이미 라무스의 마력은 최고 도달점의 8할을 넘었다.

이비연과의 마력 격차는 꽤 커진 상태였다. 슬슬 공격을 허 공장으로 받아내면서 치고 들어갈 수 있었다.

라무스가 전술을 바꾸겠다고 생각한 순간이었다.

'이런!'

라무스의 표정이 낭패감으로 일그러졌다.

마지막으로 남았던 동료, 대지의 화신이 용우에게 쓰러졌다.

"이럴 수가……."

대지의 화신은 도저히 믿을 수 없다는 듯 눈을 부릅떴다.

마지막 일합은 기괴했다.

용우의 검과 대지의 화신의 검이 부딪쳤다.

그리고 용우의 검이 대지의 화신의 검을 깨끗하게 잘라 버 리고, 대지의 화신의 몸통까지 갈라 버렸다.

믿을 수 없는 일이었다.

시간이 지날수록 용우와의 마력 격차는 줄어들고 있었다. 그런데 대등한 수준이 된 시점에서 압도적인 힘의 차이가 있어야만 가능한 일이 벌어지다니?

'처음부터였나.'

라무스는 절망했다.

소름 끼칠 정도로 차가운 진실을 깨달았기 때문이었다.

'지금까지 단 한 번도 진짜 힘을 보여주지 않은 거였나.'

삶과 죽음이 교차한 한 합의 승부는 한 가지 진실을 라무스에게 가르쳐 주었다.

용우의 마력은, 대지의 화신의 마력을 아득히 능가하고 있었다.

라무스는 용우가 탈라를 죽일 때 보여준 힘을 전력이라고 판단했다.

어비스 최후의 생존자가 지닌 힘, 초월권족에게서 노획한 아티팩트급 장비들 그리고 성좌의 무기 융합체가 더해져서 종말의 군주에게 필적하는 힘을 낼 수 있게 된 것이라고.

하지만 그 추측은 완전히 틀렸다.

그것조차도 용우의 전력이 아니었다. 그때 보여준 것은 용우의 본신 마력이었을 뿐이다.

종말의 군주와 필적하는 마력을 지닌 용우에게 아티팩트급 장비의 마력 증폭 효과는 미미하게 적용되었다.

하지만 융합체—네뷸라는 달랐다.

네뷸라는 성좌의 무기 5개와 군주 코어 3개를 융합시킨 결과물이다. 네뷸라를 쥔 용우는 종말의 군주조차 압도하는 힘을 발휘할 수 있었다.

라무스가 허탈하게 웃었다.

"하하하. 그랬군. 우린 처음부터 답이 정해진 문제를 풀고 있었던 건가."

"이제야 깨달았군."

"왜 굳이 우리와 놀아준 거지?"

"예행연습이었지. 좋은 연습 상대라고 생각했거든. 다른 놈들과 달리 너희 여섯은 싸울 줄은 아는 수준이라 좋은 연습이 됐다."

무엇을 위한 예행연습인지는 물을 필요가 없었다. 구세록의 초월권족들을 쓰러뜨리고 나면 용우가 싸울 적은 단 하나만 남을 테니까.

라무스가 눈을 질끈 감았다.

'끝났구나.'

모든 것이 끝났다. 라무스는 그 사실을 이해했다.

용우가 고개를 삐딱하게 기울이며 물었다.

"혼자 남았군. 어때, 완전체가 된 소감은?"

"그게 의미가 있을까?"

"나한테는 있지. 풀파워라면 어느 정도일지 궁금하긴 했으니까.

"......"

라무스가 입술을 깨물었다.

마침내 그의 마력 상승이 멈췄다. 최고점에 도달한 것이다.

'몇 분 지나지도 않았는데 몰살이라니.'

상상도 못 한 일이었다. 성좌의 화신이 이렇게 허무하게 무너질 줄이야.

"대단해. 근소하게나마 군주보다도 우위군."

그렇게 최고점에 도달한 라무스의 마력은, 용우의 본신 마력을 웃돌고 있었다. 뿐만 아니라 군주보다도 약간이나마 위였다.

과연 군주를 상대하기 위한 결전 병기라고 할 만하다.

용우가 물었다.

"타락체 라지알과는 무슨 관계지?"

"…그는 내 동생이다."

역시 혈육이 아니고서야 이토록 쏙 빼닮았을 리가 없었다.

라무스는 용우가 자신과 동생에 대해서 이것저것 물어볼 거라고 생각했다. 하지만 용우는 첫 번째 질문만으로도 흥미를 잃은 기색이었다.

라무스가 물었다.

"나도 질문 하나 해도 되겠나?"

"싫은데."

"네가 대답할 생각이 드는 질문이라면 어떻겠나? 흥미가 동하지 않는다면 무시해도 좋다."

"해봐."

"성좌의 화신은 군단과의 최종 전쟁을 위해 숨겨둔 결전 병기였다."

군사 책임자로서, 라무스는 그 결전 병기를 쓰러뜨린 용우에게 물어보고 싶은 게 있었다.

"만약 우리가 이 힘으로 군단과 싸웠다면 어떻게 됐을 거라고 생각하나?"

"푸훗."

이비연이 웃음을 터뜨렸다.

"아하하하하하하!"

오랫동안 군단의 타락체였던 이비연 입장에서는 기가 막힌 질문이었다.

라무스가 물었다.

"내 질문이 그렇게 어리석었나?"

"응."

"어느 부분이 그렇지?"

"그 질문도 어이가 없는데. 당신들, 여기서 천 년 넘게 관객 노릇 했다면서? 종말의 군단이 제2세계와 한 전쟁도 처음부터 끝까지 봤을 거 아냐?"

"그랬다."

"그런데 왜 당신들 머릿수로 군단을 당해낼 수 있다고 생각하는 건데?"

"……."

"물론 머릿수만 문제가 아니지. 가뜩이나 적은 병력이 수준까지 미달인데."

구세록의 초월권족들은 마력만 강할 뿐이다. 군단의 정예와 전사로서의 역량을 비교하면 상대도 안 됐다.

질적으로도 상대가 안 되는데 수적으로는 아예 비교가 안 될 정도다. 그런데도 저런 질문을 할 수 있단 말인가?

"성좌의 화신이 대군주용 결전 병기가 될 수는 있겠지. 당신들 수준으로는 절대로 군주들을 못 이기겠지만. 혹시 그건 이해하고 있나?"

"이해하고 있다."

라무스가 한숨을 쉬었다.

용우에게는 그 대답이 의외였다. 현실을 파악하고 있었단 말인가?

"우리는 결전의 때를 좀 더 먼 훗날로 보았다."

"지구도 망하고, 그다음에 다른 세계도 몇 개쯤 더 망한 뒤에?"

용우가 비아냥거리자 라무스가 움찔했다. 하지만 그는 모든 것을 체념한 듯 고개를 끄덕였다.

"…그래. 우리와 군단의 차이는, 우리는 전쟁이 계속될수록 개개인의 마력이 계속 커지지만 군단은 그렇지 못하다는 것이지. 그 이유는……."

"군단이 받는 이익을, 너희들도 나눠 받고 있기 때문이지."

"역시 모든 걸 알고 왔군."

"필요한 건 루가루에게 다 들었지."

이 모든 것의 시작은 지구의 시간 감각으로는 천 년도 더 전의 일이다.

영원히 존재하기 위해 생명을 버리고 언데드의 길을 선택한 종말의 군단이 다른 세계를 침략하면서부터 모든 것이 시작되었다.

Chapter55

# 강탈자

1

　제1세계의 인류는 지구 인류보다 훨씬 수가 적었다. 불과 8천
만 명 정도였다.

　게다가 막 침략 전쟁을 시작한 종말의 군단은, 지금과는 비
교도 안 될 정도로 그 위험성이 어마어마했다.

　왜냐하면 제1세계를 침공할 당시만 해도 군단에게는 아무
런 제약이 없었기 때문이다.

　그들은 자유자재로 정보 세계와 물질세계를 오갈 수 있는
존재들이었다. 그 힘으로 제1세계를 침략해서 산 자들을 죽이
고 그 영혼을 수탈했다.

　그럼에도 군단에게 있어서 제1세계와의 전쟁은 지구를 침

략하는 것보다 훨씬 힘들었다.

일단 제1세계의 인류는 전원이 마력을 다룰 줄 아는 자들이었다.

그리고 지배 계층인 초월권족은 날 때부터 강대한 마력을 가진 자들이었다.

하지만 초월권족에게는 한 가지, 어쩔 수 없는 약점이 있었다.

그들은 수가 너무 적었다.

제1세계의 인류 8천만 명 중에서 초월권족의 수는 40만 명에 불과했다.

총인구의 0.5%만이 날 때부터 격이 다른 마력을 지닌 채 특권계층으로 군림했던 것이다.

게다가 그들 전원이 전투 요원인 것도 아니었다.

과거에 지구의 귀족이 전원 전투 요원이 아니었던 것과 마찬가지다. 모두가 강대한 마력을 타고났을 뿐, 전투에 적합한 정신을 갖고 전투 기술까지 연마한 자의 비율은 그리 높지 않았다.

그 적은 수의 전사들이 전선에서 죽거나, 타락체가 되어가자 제1세계는 점차 궁지에 몰리기 시작했다.

그럼에도 그들은 군단과의 전쟁에서 패하지 않았다.

그것은 승리를 포기했기 때문에 가능한 일이었다. 초월권족은 이기지도 지지도 않은 채로, 전쟁을 끝내는 방법을 선택한 것이다.

"네놈들은 뒷일을 다른 세계에 떠넘기기로 했지."

용우가 경멸의 눈초리로 라무스를 노려보았다.

초월권족은 자신들을 가호하는 성좌의 힘으로 일곱 개의 구세록을 만들고, 군단에 '거울상의 저주'라 불리는 강력한 저주를 걸었다.

그것은 자신들과 군단, 양쪽을 모두 봉인하는 저주이기도 했다.

"너희들도, 군단도 정보 세계에 틀어박히게 만드는."

정보 세계에서 물질세계로 나가기 힘든 것은 군단만이 아니다. 구세록의 초월권족 역시 동일한 제약을 받고 있었다.

"하지만 구세록을 만들어놓은 너희들이 유리했고."

구세록의 정보 세계는 군단의 정보 세계보다 훨씬 안정된 곳이다.

이 세계는, 군단의 세계와 달리 혼돈의 침식을 걱정할 필요가 없다.

"결국, 그게 너희들을 배부른 돼지로 만든 셈이기도 하지만."

안전한 곳에 자신을 가둔 구세록의 초월권족은 천 년 넘게 실전을 겪을 일이 없었다.

하지만 군단은 침략전쟁을 벌이지 않을 때도 혼돈의 침식과 싸워야 했다. 혼돈은 군단에게 있어서도 치명적인 위협이기에, 그들의 전투 능력은 늘 날카롭게 다듬어져 있었다.

게다가 이 세계에는 또 다른 이점이 있었다.

군단이 침략으로 수탈하는 영적 자원의 일부를, 구세록의 초월권족도 얻게 된다.

"그것만으로도 네놈들은 죽어 마땅한 놈들이다. 뭐, 네놈들이 죽일 놈들인 이유는 그것만은 아니지만. 말하다 보니 화가 나는군."

용우의 눈에서 살기가 번뜩였다.

푸욱!

그의 양손 대검, 네뷸라가 라무스의 몸을 꿰뚫었다.

"커억……!"

라무스는 순간적으로 의식이 날아가 버리는 것 같았다.

고통은 익숙지 않았다. 천 년 넘게 그래왔는데 이런 고통에 내성이 있을 리가 없었다.

"생각해 보니 내가 왜 네놈을 멀쩡히 놔두고 이야기를 했을까? 팔다리부터 꺾어놓고 이야기를 했어야 했는데."

용우는 네뷸라로 라무스를 땅에다 고정시키고, 지연성 에너지 드레인을 걸었다. 그러자 라무스의 마력이 서서히 네뷸라로 빨려 들어갔다.

"아악……!"

라무스가 고통으로 몸을 뒤틀었다. 마력의 흐름을 구속당한 상태로, 온몸의 에너지가 빨려 나가는 감각은 끔찍했다.

"억울해하지 마. 너만 이렇게 고통스럽진 않을 거야."

용우가 잔혹하게 웃었다.

고통은 라무스만의 것이 아니다. 구세록의 초월권족 모두를 고통스럽게 파멸할 것이다. 용우는 그들을 위한 지옥을 준비해 왔다.

"그럼 이야기를 계속해 볼까. 틀린 게 있으면 교정해 달라고. 네게 발언권을 허락한 시간 동안에는 고통을 멈춰주지. 네 놈들이 저지른 짓을 생각하면 엄청나게 자비로운 조건이지?"

종말의 군단과 구세록의 초월권족의 차이는, 침략전쟁에서 얻은 영적 자원을 어떻게 활용하느냐도 있었다.

군단은 그것을 자신들의 세계를 안정화시키고, 침략전쟁에서 행동 권한을 얻기 위해 소모해 왔다.

그에 비해 구세록의 초월권족은 그것을 구세록을 유지하는 데 쓴다. 이 유지 비용은 군단의 안정화 비용의 100분의 1 정도로 적다.

그럼 남은 영적 자원은?

일부는 성좌의 무기 운용을 위해 비축하고, 나머지는 개개인의 마력을 늘리는 데 사용되었다.

구세록의 초월권족 개개인의 마력이 군단의 상아인 타락체보다 훨씬 강한 것은 그런 이유였다. 군단의 손에 제2세계가 파멸하는 과정에서 그들은 막대한 힘을 손에 넣은 것이다.

"참으로 무의미한 힘이지. 하다못해 생존자 전원이 그동안 전투 훈련이라도 열심히 했다면 의미가 있었을 텐데, 그러기는 커녕 몇 안 되는 전투원들조차도 녹슬어가기만 했으니. 너희들은 말하자면 근육 없는 헤비급이야."

무작정 살을 찌워서 체중만 늘렸을 뿐, 그 체급에서 싸우기 위한 내실은 전혀 갖추지 못한 격투기 선수나 다름없다.

"그 힘이 인류에게 주어졌다면, 인류는 지금쯤 최소한 열 배 이상 많은 각성자를 보유하고 있겠지. 평균 마력도 지금보다 훨씬 높을 것이고. 게다가……."

용우는 전에 한 가지 의문을 품은 바 있었다.

구세록의 계약자가 줄어드는 것은 군단에게 있어서 행동 제약이 풀리는 이익을 가져다주었다.

그런데 왜 군주가 줄어들었는데 인류는 아무런 이익을 얻지 못한 것일까?

"네놈들은 그것으로도 모자라서 당연히 우리 인류에게 주어졌어야 할 이득까지 멋대로 횡령했다."

그 답은 루가루였다.

본래대로라면 아무리 몽계유영이라는 특수한 능력을 가졌다 해도, 이 시점에서 초월권족이 지구에 직접적으로 간섭하는 것은 불가능했다.

루가루가 지구에서 활동할 수 있었던 것 자체가 군주들의 죽음으로 인해 발생한 이익이었던 것이다.

"네놈들이 머릿수 문제를 어떻게 해결하려고 했는지도 뻔하지. 적당한 때가 오면 구세록에서 나가 그 세계의 인류를 정복하고, 그들로 머릿수 차이를 해결할 생각이었겠지?"

"아아악……!"

용우가 검자루를 쥔 손에 힘을 주자 라무스에게 가해지는 고통이 더욱 강해졌다.

"너희들에게 있어서 우리 인류는 전부 벌레처럼 보이겠지. 아니, 자기 세계의 인류도 마찬가지였던가? 안 그랬으면 4천만이 넘는 백성을 제물로 바치지도 않았을 테니까."

모든 일에는 대가가 필요하다.

분명 초월권족은 강대했다. 하지만 객관적으로 보면 그들은 군단에게 멸망할 뻔했던 자들이다.

그런 그들이 어떻게 군단에게 구세록을 통한 족쇄를 채울 수 있었을까?

당연히 그만한 대가를 치렀기 때문이다.

그들은 초월권족 중에서도 가장 고귀한 신분으로 불리는 극소수만을 구세록이라는 '방주'에 태우기로 했다.

그리고 나머지 전부를 구세록을 탄생시키고, 군단을 구속하기 위한 제물로 바쳤다.

'거울상의 저주'는 4천만의 목숨을 대가로 완성된 것이다.

"한 줌도 안 되는 것들이 영원히 부귀영화 누리겠다고 4천만 명의 목숨을 강탈하다니 대단해! 이런 놈들이니까 어비스 같은 걸 만들 수 있었겠지!"

"끄아아아아아아악!"

끔찍한 비명이 울려 퍼지고 있었다.

이미 라무스는 용우의 이야기를 듣고 있지 않았다. 점점 더 강해지는 고통이 그에게서 사고력을 앗아갔기 때문이다.

하지만 용우는 상관없다는 듯 이야기를 이어갔다.

"자기 세계의 4천만 명도 희생시킨 너희들에게 다른 세계의 24만 명을 지옥으로 처넣는 것 따위, 조금도 고민할 거리가 아니었겠지."

루가루에게 들은 어비스의 진실은, 용우가 상상했던 것보다 더욱 황당했다.

어비스는 군단의 침략을 막는 선행 부대 따위가 아니었다.

그것은 구세록과 군단이 합작하여 다음 침략 전쟁을 위한 영적 자원을 생산하는 의식에 불과했다.

24만 명이 서로 죽고 죽이는 것만으로도 상당한 영적 자원이 발생한다. 하지만 그것만으로는 만족스럽지 않았다.

그래서 그들 하나하나를 더욱 가치 있는 제물로 만들기 위해 몬스터가 투입되었다.

제물들은 몬스터를 죽이고, 그 시신으로부터 추출한 마력석을 흡수해서 강해졌다. 그것은 즉 제물로서의 가치가 올라간다는 뜻이었다.


구세록 입장에서는 더욱 많은 영적 자원을 얻을 수 있어서 좋았다.

군단 입장에서는 침략전쟁을 시작하기 전까지는 쓸모도 없
는, 혼돈과의 싸움으로 얻는 몬스터의 재료를 유용하게 써먹
을 수 있어서 좋았다.

그들은 서로를 적이라고 하지만, 사실은 다른 세계를 잡아
먹기 위해 협력하는 관계나 다름없었다.

하지만 그 결과, 그들은 서용우라는 복수자를 탄생시키고
말았다.

"생각해 보면 너희들의 가장 큰 실수는 자기들이 만든 어비
스의 위험성을 모른 거였지."

단순히 24만 명이 서로 죽고 죽이는 구조였다면 어땠을까?

그럼 어비스에는 딱히 스펠이나 특성이 존재할 필요가 없
었다. 그냥 서로 죽임으로써 강해지면 충분했으리라.

하지만 인간이 몬스터와 싸우기 위해서는 그것만으로는 부
족했다.

조금이라도 더 많은 몬스터를 죽이고, 더욱 가치 있는 제물
이 되려면 특별한 권능이 필수였다.

그래서 어비스에는 희생자들의 영적 자원을 이용해서 스펠
과 특성을 생성하는 기능이 탑재되었다.

그 과정은 원본을 스펠 스톤이라는 형태로 복제하여 투입

되었다.

원본은 구세록에 내재된 권능이었다.

구세록의 생존자 1,322명이 가진 권능만이 아니다. 구세록을 만들기 위해 제물로 바쳐진 4천만 명이 품고 있던 무수한 가능성이 무작위로 어비스에 투영되었다.

그 결과 어비스에서는 수많은 스펠과 특성, 특수 능력이 발생했다.

그리고 그것이 서로 죽고 죽이는 과정을 통해 단 한 명의 생존자, 용우에게 모인 것이다.

"어때? 뭔가 말해봐. 덧붙이거나 정정해 줄 거 없어?"

"오빠."

이비연이 말했다.

"그놈, 죽어버렸어."

"아."

이야기에 심취해 있던 용우가 아차 하는 표정을 지었다.

라무스는 이미 숨이 끊어져 있었다. 통제할 의지가 사라진 마력이 급격히 네뷸라로 빨려 들어가면서 라무스의 시신을 말라 비틀어지게 했다.

"분명 이놈이 원흉 중 하나였을 텐데 너무 빨리 죽였군."

"좀 섬세하게 조절하지 그랬어. 뭐, 어차피 이놈 들으라고 한 말은 아니겠지만."

"그렇지."

용우가 키득거리며 웃었다.

지금 떠들어댄 이야기는 라무스에게 들려주기 위한 것이 아니었다.

아직 살아남아서 이 상황을 지켜보고 있는 자들에게, 그들에게 닥쳐올 증오를 이해시키기 위한 과정이었다.

"자, 그럼 끝을 내볼까?"

용우와 이비연은 느긋하게 최후의 목적지로 향했다.

이제는 폐허조차 아닌, 그저 대파괴의 흔적만이 남은 이곳에 유일하게 온전한 모습으로 남은 왕궁을.

─필멸자의 세계!

왕궁을 지키는 방어막이 가차 없이 갈라졌다.

"아아아아아악!"

그리고 왕궁에 있는 생존자들의 비명이 울려 퍼졌다.

전투다운 전투는 더 이상 없었다. 그저 일방적인 학살이 계속될 뿐.

장구한 세월 동안 자신들이 초래한 타인의 비극을 즐겨왔던 괴물들은, 자신들이 낳은 증오의 괴물들이 얼마나 끔찍한 존재인가를 알게 되었다.

절망과 고통의 시간 속에서 목숨의 불빛이 하나씩 하나씩 꺼져갔다.

곳곳에서 울려 퍼지는 비명이 주는 공포를 이기지 못하고 자살하는 자도 속출했다.

용우와 이비연은 자살자는 그냥 방치했다. 일일이 신경 쓰기에는 너무 많았으니까.

저벅…….

그리고 마침내 두 사람의 발길이 왕궁의 심장부에 닿았다.


2


"천 년 넘게 왕 노릇을 했으면서도 인망은 없었던 모양이군."

두 사람이 왕좌가 있는 알현실로 들어설 때, 그들을 막아서는 자는 아무도 없었다.

당연한 일이었다.

왕을 제외한 모든 초월권족이 죽었으니까.

"마지막까지 왕을 지키겠다는, 기개 있는 놈이 있기를 기대했는데."

용우의 시선이 왕좌에 앉은 왕을 향했다.

앳된 외모의 소년이었다. 인간 기준으로는 열서너 살 정도 되어 보인다.

하지만 용우도, 이비연도 그 외모에 아무런 감흥을 느끼지 못했다. 그러기에는 상대의 실체를 너무 잘 알았으니까.

왕이 두 사람을 노려보며 물었다.

"우리를 다 죽인다고 해서 너희들이 바라는 걸 얻을 수 있을 것 같으냐?"

변성기가 지나지 않은 앳된 목소리가 떨리고 있었다. 강한 척 두 사람을 노려보고 있지만 눈빛에도, 표정에도 두려움이 가득했다.

용우는 그 말을 들은 체도 하지 않았다. 한결같은 걸음걸이로 왕좌를 향해 걸어간다.

"자살한 놈이 꽤 많았네. 현명하다고 해야 하나?"

이비연이 주변을 둘러보며 중얼거렸다.

이 알현실에도 자살자의 시신이 5구나 널브러져 있었다. 분명 왕을 끝까지 수행해야 하는 임무를 가진 자들이었으리라.

"내, 내 말이 들리지 않느냐?"

두 사람이 가까워지자 왕이 겁에 질려서 물었다.

용우는 그 말에 대답하는 대신 걸음을 빨리했다. 그리고……

푹!

네뷸라로 가차 없이 왕의 배를 찔러 버렸다. 칼날이 왕의 몸통을 관통하고, 왕좌까지 관통해서 왕을 꼬치처럼 꿰어놓았다.

"아, 악……!"

전신을 내달리는 격통에 왕이 입을 벌리고 비명을 토해냈다.

용우가 그런 그를 내려다보며 말했다.

"우리의 최우선 목표는 너희들을 파멸시키는 거야. 어때, 우리가 원하는 걸 못 얻을 것 같아?"

"아악, 으⋯⋯."

왕은 뭔가 말을 하려고 했다. 하지만 생전 처음 겪는 아픔에 벌레처럼 꿈틀거리며 고통의 소리를 내뱉을 뿐, 아무런 말도 할 수가 없었다.

"하는 김에 겸사겸사 네놈들이 쥐고 있던 구세록의 권한도 손에 넣으면 좋지. 근데 그건 말야."

용우가 왕의 턱을 붙잡고 올려, 자신을 바라보게 하며 말했다.

"네놈들이 제발 빨리 죽여달라고 애원하면서 우리한테 주게 될 거야."

"⋯⋯!"

"죽으면 끝이라고 생각하지 마라. 너희들의 영혼이 어디 있는지는 이미 찾아냈으니까."

여기까지 오는 동안 몇 명을 고문해서 알아냈다.

"영혼인 채로 고통받는 게 어떤 건지 시험해 보고 싶으면 죽음으로 달아나는 걸 시험해 봐. 네놈들이 여태까지 제물 취급해온 사람들에게 한 짓이 어떤 것이었는지 직접 느끼게 해주지."

용우가 잔혹하게 웃으며 왕의 얼굴을 쓰다듬었다.

"자, 그럼 시작하자. 일단 한번 고통을 배우고 나면, 빨리 죽을 수 있는 기회라는 게 얼마나 소중한 건지 알게 될 거야."

그리고 초월권족 최후의 생존자가 죽음을 애원하기까지는 그리 오랜 시간이 걸리지 않았다.

$$*\qquad*\qquad*$$

지구의 상황은 시시각각 심각해지고 있었다.

타락체들의 테러로 한국을 비롯한 헌터 강국들이 치명적인 타격을 입었다.

몬스터들의 준동으로 인한 혼란이 퍼져가는데, 그 혼돈을 통제할 시스템이 붕괴해 버렸다. 사람들이 불안과 공포에 삼켜지는 것은 당연한 수순이었다.

〈으윽…….〉

차준혁은 고층 빌딩에 처박힌 채로 신음했다.

하지만 그것도 잠시였다.

콰과과광!

초음속으로 날아든 에너지탄이 그를 강타했다. 그의 몸이 빌딩을 뚫고 반대편으로 튕겨 나왔다.

쿠르르릉……!

중간이 끊어진 빌딩이 무게를 이기지 못하고 부러지기 시작한다.

부러지는 빌딩의 한쪽 면에 무언가가 달라붙어 있었다.

"이제야 끝이 보이는군."

상아인 타락체였다.

그리고 이 자리에 있는 타락체는 그 혼자가 아니었다.

쾅!

튕겨 날아가던 차준혁을 거구의 암석인 타락체가 덮쳐서 땅으로 쳐 날렸다.

"크하하하하! 끈질긴 놈, 여기까지다!"

암석인 타락체가 땅으로 추락하는 차준혁을 추격해 갔다. 땅에 처박히는 차준혁을 그대로 내려찍을 셈이었다.

〈웃기지… 마라!〉

하지만 차준혁은 대지에 닿기 직전 몸을 반전시키며 광휘의 검을 휘둘렀다.

콰광!

대지와의 충돌을 피하지 않는, 살을 주고 뼈를 취하는 공격이었다.

잔뜩 가속이 붙은 암석인 타락체는 그 공격을 피할 수 없었다.

"크악……!"

암석인 타락체의 오른팔이 잘려서 날아올랐다.

물론 차준혁도 무사하지 못했다.

고속으로 땅에 처박힌 것은 허공장으로 무효화했다. 그러나 암석인 타락체의 공격이 그 위로 꽂히는 것은 피하지 못한 것이다.

〈제, 제길······.〉

차준혁은 몸이 제대로 움직이지 않는 것을 느끼며 신음했다.

그와 리사는 도버 해협을 건너는 9등급 몬스터 폭풍용, 그리고 그놈을 조종하던 특수 지휘관 개체를 저지하는 데 성공했다.

하지만 진짜 문제는 그때부터였다.

세계 곳곳을 테러한 타락체들이 합공을 가해왔던 것이다.

팀 섀도우리스는 뿔뿔이 흩어진 상태에서 다수의 타락체에게 합공 받아서 각개격파당하고 있었다.

'우리가 놈들을 너무 얕봤다.'

설마 이런 대공세가 가능할 줄 몰랐다.

게다가 마구 몰아치는 것만이 아니었다. 투입한 전력을 효율적으로 활용해서 전술적 성과를 내고 있지 않은가?

재해 지역의 몬스터와 특수 지휘관 개체를 이용, 팀 섀도우리스를 끌어냈다. 뿐만 아니라 세계 곳곳으로 흩어지게 만들었다.

그 틈을 타서 단숨에, 국가의 시스템에 치명적인 타격을 가할 수 있는 테러를 가했다.

마지막으로, 테러를 끝낸 타락체들로 하여금 뿔뿔이 흩어진 팀 섀도우리스를 각개격파하게 한다.

군단의 입장에서 보면 완벽한 시나리오였다.

'빌어먹을. 우리가 있는데도 빈집 털이를 당한 격이라니.'

서용우와 이비연, 둘 중 한 명만 있어도 사태가 이렇게까지 심각해지지는 않았을 것이다.

그 사실이 차준혁을 비참하게 만들었다.

"이 자식, 곱게 죽진 못할 줄 알아라!"

암석인 타락체가 격분해서 차준혁을 걷어찼다. 튕겨 날아간 차준혁의 몸이 버스를 부수고 그 너머의 아파트에 처박혔다.

쿠과광!

충격이 전신을 뒤흔든다.

'위험해. 이제 허공장이……'

차준혁은 슬슬 허공장이 한계에 도달했음을 깨달았다.

도버 해협에서 상당한 힘을 소모해 버린 상태에서 서울을 테러한 세 명의 타락체에게 합공당했다. 그중 하나를 처치하기는 했지만, 슬슬 한계가 보이고 있었다.

〈한 놈 정도는 더 길동무로 데려가 주지……!〉

차준혁이 이를 악물고 일어났다.

상아인 타락체가 그런 그를 보며 말했다.

"그 투지에는 경의를 표하지. 하지만 의미 없는 일이다. 너는 여기서 죽고, 네가 가진 열쇠는 우리 것이 되겠지. 그리고 결국 이 세계는 멸망한다."

〈나를 죽여도, 너희들이 원하는 대로는 안 될 거야.〉

"아니, 그렇게 된다. 네 동료도 너와 마찬가지일 테니까."

〈그래. 내 동료들도 다 죽을지도 모르지. 그런데 말이다.〉

차준혁이 힘없이 웃었다.

〈너희들은 결국 빈집털이범에 불과해. 곧 우리 캡틴이 돌아올 거야. 그럼 결국 너희들은 다 죽어.〉

"캡틴? 아, 군주살해자를 말하나 보군. 확실히 그가 보이지 않았지."

서용우와 이비연의 부재는 군단 입장에서도 의아한 점이었다.

본래 군단의 전술 계획은 팀 섀도우리스를 전선으로 끌어내고, 각국을 테러하는 것까지였다. 테러를 완료한 시점에서 타락체들은 철수할 예정이었다.

하지만 작전이 진행되는 동안 서용우와 이비연은 전혀 나타나지 않았다. 그 사실이 군단이 계획을 보다 공격적으로 변경하게 만들었다.

"뭘 하고 있는지는 모르겠지만… 그가 돌아와 봤자 분통스러워할 뿐이겠지. 이미 잃은 걸 되돌릴 수는 없으니까. 안 그런가?"

상아인 타락체가 차준혁을 조롱할 때였다.

갑자기 이상한 기척이 그 자리를 스치고 지나갔다.

"음?"

상아인 타락체가 눈살을 찌푸리며 주변을 둘러보았다.

하지만 아무것도 잡히는 게 없었다.

"뭐였지?"

그가 의아해할 때였다.

파지지지직!

갑자기 그의 허공장이 격렬하게 반응하기 시작했다.

"뭐야?"

앞으로 다가온 차준혁의 허공장과 부딪치면서 발생한 현상
이었다.

'갑자기 어디서 이런 힘이 난 거지?'

눈에 띄게 감소했던 차준혁의 마력이 급격하게 회복되고 있
었다.

'아니, 회복이 아니라 처음보다 더 강해지는 것 같다.'

놀라는 상아인 타락체 앞에서 차준혁이 웃음을 터뜨렸다.

〈하하하하하하!〉

갑자기 실성한 것처럼 웃어대던 차준혁은 어깨를 들썩거리
며 중얼거렸다.

〈난 말이지, 죽은 사람이 뭘 바라는지 알고 싶었다.〉

상아인 타락체에게는 생뚱맞게 들리는 소리였다. 그에게는
차준혁이 갑자기 미친 것으로밖에 보이지 않았다.

하지만 차준혁은 상대가 어떻게 생각하건 상관없이, 하고
싶은 말만 했다.

〈그 소원을 이런 식으로 풀게 될 줄 몰랐군. 정말이지 인생

은 예측 불허야.〉


＊　　　　＊　　　　＊


다니엘 윤이 죽은 후, 오랫동안 차준혁은 괴로워했다. 루가루를 통해 그가 사후에 맞이한 잔인한 운명을 알게 된 후로는 더더욱.

죽은 자가 바라는 것은 무엇일까?

지옥에 떨어진 후로도 다니엘 윤의 마음은 변하지 않았을까?

그런 의문이 차준혁을 괴롭혔다.

하지만 그가 할 수 있는 일은 정해져 있었다. 다니엘 윤의 유지를 지키는 것뿐이다.

"고생하는구나, 준혁아."

차준혁은 자신이 환청을 들었다고 생각했다.

죽음을 각오한 지금, 마음속의 갈망이 기억 속 다니엘 윤의 목소리를 귓가에 재생한 것이라고.

"이렇게 될 줄은 몰랐다. 내가 너를 괴롭게 만들었구나."

하지만 곧 차준혁은 그것이 환청이 아님을 깨달았다.

한 번도 들어본 적 없는 말이 이어지고 있었으니까.

당황해서 주변을 둘러보던 차준혁의 눈에 흐릿한 실루엣이 보였다. 흩어지는 연기처럼 뿌연 무언가였다. 하지만 그 실루엣만으로도 차준혁은 그가 누군지 알 것 같았다.

그 실루엣이 차준혁의 어깨에 손을 얹었다.

"부디 용서해 주렴. 나도 한낱 인간일 뿐이라, 내가 어떻게 죽을지는 몰랐으니까."

〈선생님…….〉

"넌 잘 해낼 거야. 믿고 있었단다, 언제나."

실루엣이 흐릿해지며 목소리가 멀어져 갔다.


*         *         *


〈…….〉

눈을 한번 깜빡이고 나자 모든 것이 원래대로 돌아와 있었다.

차준혁은 자신의 의식이 잠시 시간의 틈새에 들어갔다 나왔음을 깨달았다. 어쩌면 백일몽일지도 모르겠지만…….

'그렇다면, 난 아직 꿈에서 깨지 않은 거겠지.'

몸 깊숙한 곳에서부터 솟아나는 이 마력이 허상일 리가 없지 않은가?

〈모두 들리나?〉

그리고 꿈에 그리던 목소리가 들려왔다.

자신이 저 남자의 목소리를 이렇게 반갑게 느낄 줄은 상상도 못 했다. 그 사실이 우스워서 차준혁은 실소하고 말았다.

〈우리가 자리를 비운 동안 난리가 난 것 같군. 상황을 파악하기 전에… 일단 모두에게 선물을 주지.〉

서용우가 모두에게 깜짝 선물을 날렸다.

〈다들 힘이 차오르는 걸 느낄 거야. 구세록 놈들이 걸었던 제한이 풀렸거든.〉

그 말대로였다.

차준혁의 마력은 서용우에게 성좌의 무기를 넘기기 전, 구세록의 계약자였던 그때 수준으로 상승하고 있었다.

〈방금 정보 공간 이용 기능과 지구상에 존재하는 타락체를 탐지할 수 있는 기능을 업데이트했으니까 마음껏 쓰도록 해. 그리고 누구든 좋으니 짧고 간결하게 상황을 보고해 주면 고맙겠군.〉

재빨리 보고를 시작하는 브리짓의 목소리를 들으면서, 차준혁은 미소를 지었다.

그는 당황한 타락체들을 보며 선언했다.

〈너희들의 시간은 끝났다.〉


3


서용우와 이비연이 지구로 돌아왔을 때, 전 세계는 혼돈의 도가니였다.

브리짓의 보고를 들은 용우가 중얼거렸다.

"개판이군."

용우의 눈에서 분노가 타올랐다.

설마 일이 이렇게 될 거라고는 상상도 못 했다. 고작 7시간 동안 지구를 비웠을 뿐인데, 조금만 더 늦었으면 세계가 멸망했을지도 모르는 상황이라니.

'우희는… 무사하군.'

천만다행이었다. 만약 구세록 내부 세계에 다녀오는 동안 우희가 죽기라도 했다면 용우는 자기가 무슨 짓을 했을지 알수가 없었다.

"인정해야겠군. 놈들을 너무 얕봤어."

"그러게. 제법 하네. 이런 걸 준비하고 있었을 줄은 몰랐는걸."

이비연도 분노하고 있었다. 그녀가 물었다.

"어쩔까?"

"일단 우리 팀원들 문제부터 해결하고 그다음에 하나씩 하나씩 처리하지."

"알겠어. 그럼 내가 리사한테 갈게."

"전투복 입고 가."

"아, 그렇지."

두 사람은 재빨리 전투복을 입고, 헬멧으로 얼굴을 가렸다.

이비연은 리사가 있는 한국으로 날았고, 용우는 휴고 스미스가 있는 퀘벡으로 향했다.

〈제로!〉

세 명의 타락체와 격전을 벌이고 있던 휴고가 반색했다.

"……"

용우는 그 말에 대답하는 대신 주변을 둘러보았다.

혼돈의 지옥도가 펼쳐져 있었다.

퀘벡의 방어선은 붕괴했다.

어쩔 수가 없었다. 방어선의 핵심이라고 할 수 있는 휴고가 빠졌기 때문이다.

다수의 타락체들이 휴고를 노리고 공격해 왔고, 휴고는 조금 전까지 절체절명의 궁지에 몰려 있는 상황이었다. 그가 할 수 있는 일은 아무것도 없었다.

"군주살해자!"

상아인 타락체 하나가 용우를 알아보고 말하는 순간이었다.

콰직!

한순간에 거리를 좁힌 용우가 네불라로 그의 심장을 관통했다.

"소개 고맙군. 근데 사회자 역할 맡긴 적 없으니까 꺼져."

폭음이 울리며 상아인 타락체가 산산조각 났다.

우우우우우우!

용우의 마력이 해일처럼 주변을 휩쓸기 시작했다. 지진이라도 난 것처럼 대지가 뒤흔들리고, 대기가 불안정해지면서 돌풍이 휘몰아친다.

"이, 이런……."

타락체들이 숨을 삼켰다.

그들만이 아니었다.

괴성과 굉음, 그리고 간간이 인간의 비명이 울려 퍼지던 전
장은 한순간에 조용해졌다.

미처 날뛰던 몬스터들이 점차 조용해지고 있었다. 절대적인
포식자를 앞에 두고 얼어붙은 작은 초식동물처럼, 항거할 수
없는 마력의 폭풍 앞에서 압도당하고 있는 것이다.

"휴고."

〈어, 응?〉

휴고 역시 굳어 있었다.

용우가 강하다는 사실은 누구보다도 잘 안다. 하지만 이 정
도였던가? 지금 용우가 전개한 마력은 이비연을 훨씬 능가하
는 것 같았다.

"사람들 피신하는 것 좀 도와주고 있어. 이놈들은 내가 처
리하지."

〈…알았다.〉

휴고는 침을 꿀꺽 삼키며 그 지시에 따랐다.

용우가 굳어 있는 타락체들을 슥 보았다.

그리고…….

＊　　　＊　　　＊

유현애와 이미나는 개성 북쪽에서 격전을 벌이고 있었다.

'힘이 나는 건 좋은데…….'

서용우가 돌아와서, 구세록이 그들에게 걸어두었던 제한을 풀어주었다. 덕분에 그때까지 절망적이었던 상황을 타개할 수 있었다.

쾅! 콰콰콰콰쾅!

하지만 유현애와 이미나는 여전히 고전 중이었다. 싸우기보다는 도망 다니느라 정신이 없었다.

'너무 많아! 왜 우리한테만 이렇게 많이 몰려온 거야!'

두 사람을 잡겠다고 모인 타락체의 수는 일곱이었다.

연계가 잘되는 녀석들은 아니었지만, 머릿수 차이가 너무 커서 도저히 반격의 기회를 잡을 수가 없었다.

'이제 출력은 우리가 위긴 한데, 그래도 틈이 없네.'

전장이 도심이 아니라서 다행이었다. 그랬다면 이 전투에 휘말려서 사람 여럿 죽었을 것이다.

"진짜 끈질기네. 이제 그만 포기하지그래? 내가 잘해준다니까."

혀를 차며 말하는 것은 젊은 동양인 남자였다. 정확히는 한국인 남자였다.

분명 한국인인데 마력이 8등급 몬스터 수준이다. 그리고 눈동자가 붉은빛을 띠고 있었다.

지구인 타락체, 그것도 서용우, 이비연과 마찬가지로 어비스 출신이었다. 저 마력을 보니 꽤 후반기까지 살아남았던 인물이었던 모양이다.

〈이제까지 작업 거는 놈이 많기는 했는데… 설마 타락체가 되라고 작업 거는 놈이 있을 줄은 몰랐네.〉

유현애와 이미나를 공격해 온 여덟 명의 타락체 중 유일한 지구인은, 유현애에게 타락체가 되길 권하고 있었다.

"하긴 이런 권유를 한다고 듣는 놈이 있을 리가 없지? 역시 반쯤 죽여 놓고 강제로 하는 수밖에. 정말 빌어먹을 일이라니까."

지구인 타락체가 씩 웃었다.

동시에 유현애는 섬뜩함을 느끼며 몸을 날렸다.

꽈과과광!

그녀가 있던 자리가 폭발했다.

"아, 보면 볼수록 탐나네. 다른 지구 각성자들은 다 잡병들이던데, 왜 너희들만 이렇게 수준이 높은 거야?"

지구인 타락체는 여기까지 오기 전, 자기에게 맡겨진 지점을 테러하고 나서 도심 한복판에서 닥치는 대로 사람을 죽였다. 그렇게 죽인 사람 중에는 각성자 헌터도 몇 있었는데, 당연하게도 그 앞에서는 벌레처럼 짓밟힐 뿐이었다.

〈꺼져.〉

유현애는 그런 그에게 소총으로 공격을 가했다.

콰!

하지만 지구인 타락체는 가뿐히 피하면서 유현애에게 쇄도해왔다.

"와우, 지구 총기 정말 끝내주네. 설마 총으로 스펠 쏘는 상황을 보게 될 줄은 상상도 못 했는데!"

유현애의 사격을 모조리 피한 지구인 타락체가 거리를 좁히는 순간이었다.

콰과과광!

유현애가 부비 트랩처럼 깔아둔, 지연성 스펠들이 폭발하면서 그를 날려 버렸다.

그녀는 격투전은 취약했지만 마력을 다루는 재능은 서용우와 이비연도 인정할 정도의 천재였다. 전술에 따라서는 고위 타락체라도 충분히 상대할 만했다.

"컥……!"

유현애는 그런 그를 향해 가차 없이 방아쇠를 당겼다.

—염동뇌격탄!

극초음속의 에너지탄이 지구인 타락체에게 작렬했다.

하지만 유현애는 추가타를 날리지 못했다. 또 다른 타락체가 그녀를 급습했기 때문이다.

〈또야?〉

유현애가 짜증을 냈다.

아까 전부터 계속 이런 패턴이었다. 한 놈을 상대해서 좀 대미지를 준다 싶으면 다른 놈이 끼어든다. 하나하나의 기량도 만만치 않은데 머릿수 차이가 크다 보니 답이 안 나왔다.

〈언니, 합류 가능해요?〉

〈바빠! 저격으로든 뭐로든 도와줘!〉

이미나의 대답이 다급하게 들려왔다.

중장거리의 스페셜리스트인 유현애와 격투전의 스페셜리스트인 이미나의 콤비네이션이 일으키는 시너지 효과는 강력했다. 그렇기에 타락체들은 두 사람을 분단시킨 후에 몰이사냥을 하고 있었다.

"크, 진짜 안 되겠네. 그냥 한꺼번에 몰아쳐서 끝내야……."

입가의 피를 닦으며 말하던 지구인 타락체는, 거의 본능적으로 몸을 날렸다.

섬광이 번쩍였다.

콰과과과광……!

그리고 2킬로미터 저편에서 대폭발이 일어났다.

'저격! 근데 이 위력은 대체 뭐야?'

그의 옆에 있던 암석인 타락체가 단 일격에 죽어버렸다. 섬광이 그의 상반신을 잘라 버리듯 소멸시켜서 그 아래쪽이 휘청거리다가 주저앉는 모습은 기괴하기 그지없었다.

"기억에 있는 얼굴이군."

그리고 젊은 남자의 목소리가 들려왔다.

유현애와 마찬가지로 M슈트를 입고, 헬멧으로 얼굴을 가린 서용우였다.

"그동안 지구인 타락체는 하나도 안 보여서 그런지 반가운 기분마저 드는데. 게다가 한국인이라니……."

"넌 뭐야? 날 알고 있나?"

지구인 타락체가 혼란스러워했다. 용우가 그를 아는 사람의 태도를 보이고 있었기 때문이다.

"알고 있지. 이름이 구성기였나?"

"박성춘이다."

"아, 그랬나? 미안, 별로 비중 없던 이름이라 잘 기억이 안 났어."

뻔뻔한 대꾸에 박성춘의 눈썹이 꿈틀거렸다. 하지만 곧 그는 한 가지 사실을 깨달았다.

"어비스 출신인데 타락체가 아니라고? 설마……."

그의 목소리가 떨렸다.

이제 군단에서도 용우의 정체를 알아차렸다. 왕의 섬을 공격해서 열쇠를 탈취했을 때 기록된 영상 정보를 지구인 타락체들이 보았기 때문이다.

"군주살해자 서용우?"

"서용우가 맞긴 하지. 듣다 보니 0세대 각성자보다는 군주살해자가 좀 더 그럴싸한 별명이긴 하군. 앞으로 온라인 아이디로 써먹어야겠어."

어깨를 으쓱한 용우가 말했다.

"그런데 내가 좀 바쁘니까 이만 끝내자. 그래도 어비스 출신이라 이야기 좀 들어줬으니까 억울해하지 말고."

"크윽, 내가 그렇게 쉬워 보이냐?"

"아니라고 생각했냐?"

용우가 비아냥거리면서 돌진하자 박성춘도 가만있지 않았다. 현란한 기술로 용우를 저지하려 들었다.

파악!

그러나 부질없는 발버둥이었다. 박성춘은 채 10초도 못 버티고 왼팔이 잘려 버렸다.

"자, 잠깐만!"

그가 다급하게 외치자 용우가 검을 멈췄다.

용우 입장에서는 참 드문 일이었다. 이비연 말고는 처음 보는 지구인 타락체라서일까? 정말 특별 취급해 주고 있는 중이었다.

"같이 어비스에서 고생한 사이잖아. 살려줘. 나 정도면 분명 지구에 도움이……."

"네가 그 녀석이냐?"

"뭐?"

"네가 어비스의 박성춘이냐고."

용우의 말은 얼음장보다도 차가웠다.

"넌 어비스의 박성춘이었던 타락체일 뿐이야. 그리고 사실 본인이었어도 별로 달라질 건 없었어. 기억에서 감정이 날아가서 모르는 모양인데, 어비스에서는 다들 사이가 나빴거든."

웃으면서 서로의 목을 날려 버릴 수 있을 정도로 최악의 관계였다. 용우는 그 시절을 떠올리며 피식 웃었다.

"뭐, 추억을 떠올리게 해줘서 고맙다. 그러니까 이만 가라."

그리고 휘둘러진 양손 대검이 박성춘의 숨통을 끊어놓았다.

\*              \*              \*

서용우와 이비연이 돌아오고, 지구상에 존재하는 모든 타락체가 정리되기까지는 30분이면 충분했다.

구세록의 전권을 손에 넣은 두 사람은 지구를 침략한 모든 존재의 위치를 파악할 수 있는 힘이 있었다.

즉 그들이 찾아낼 수 있는 것은 타락체만이 아니다. 지휘관 개체 역시 구세록의 감시를 피할 수 없었던 것이다.

타락체에 이어 지휘관 개체들을 모조리 찾아내어 죽이고, 그들이 진군시켰던 재해 지역 몬스터들도 막아냈다.

그렇게 인류를 멸망시킬 수도 있었던 위협이 저지되고, 하루가 지났다.

하지만 여전히 세상은 혼란에 휩싸여 있었다.

\*              \*              \*

팀 섀도우리스 전원이 한자리에 모였다.

용우와 이비연을 제외하면 다들 피로한 기색이었다. 여기서 회의를 할 게 아니라 당장 휴식이 필요한 모습이다.

하지만 지금은 그럴 때가 아니었다.

"은혜 씨, 이 상황이 수습되긴 할까?"

"당분간은 어려울 거예요."

용우의 물음에 김은혜가 한숨 섞인 목소리로 말했다. 어제 워낙 고생을 해서인지 그녀도 눈 밑에 다크서클이 생겨나 있었다.

"행정부도, 군부도 통째로 증발했고 헌터 관리부도 날아갔으니까요. 이 셋 말고도 많은 주요 시설들이 파괴되었고."

타락체들은 팀 섀도우리스를 잡기 위해 집결하기 전, 주변에 무차별 폭격을 퍼부었다. 그로 인해 많은 사람이 죽었고, 도시의 시설들이 파괴되었다.

"우리나라는 당장 이 상황을 수습할 사람 자체가 없어요."

연방제 국가인 미국은 중앙정부가 소멸해도 각 주가 어떻게든 상황을 통제할 수 있다. 하지만 한국은 그럴 수가 없었다.

"당장 게이트 재해를 막는 시스템도 제대로 안 돌아갈 거라는 게 문제군."

"그거야 헌터 기업들이 머리를 맞대고 어떻게든 할 수 있는 문제긴 해요. 실제로 그러고 있고."

한국 헌터계에서 가장 큰 힘을 쥐고 있는 백원태와 오성준, 다니엘 윤은 이번 공습에서 무사히 살아남았다.

그리고 생존한 대가로 한국의 게이트 재해 대응 총괄을 요구받고 있었다. 이번 일로 각성자 헌터들도 다수 사망했기 때문에 앞으로는 꽤나 힘들어질 것이다.

"행정과 치안이 문제죠. 도지사나 시장들의 통제에도 한계가 있고, 구조 작업도 문제고……."

"총체적 난국이군."

용우가 한숨을 쉬었다.

강대한 힘을 지녔으니 적을 처치하는 것은 쉽다. 하지만 그것만으로 해결할 수 없는 문제가 산적해 있었다.

"그나마 두 사람이 그쯤에서 돌아온 게 다행이에요. 안 그랬다면 중국 붕괴 때, 어쩌면 퍼스트 카타스트로피 때만큼이나 끔찍한 사태가 벌어졌겠죠."

어제 하루 동안 도대체 얼마나 많은 사람이 죽었을까?

적어도 군단이 막대한 영적 자원을 손에 넣은 것만은 분명했다. 31명이나 되는 타락체를 잃었지만, 그 이상의 성과를 얻었을 터.

그것도 서용우와 이비연이 그 타이밍에 돌아와서 그 정도로 끝난 것이다. 두 사람의 귀환이 두 시간만 더 늦었다면 팀 섀도우리스는 전원 살해당하고, 타락체들의 무차별 공격으로 세계가 멸망했을지도 모른다.

김은혜가 정리한 보고서를 읽어본 용우가 물었다.

"특수 지휘관 개체란 놈들은 갑자기 무너졌다고 했지?"

"네."

리사가 대답했다.

한반도 북부, 도버 해협, 그리고 멕시코 세 곳에 나타났던 특수 지휘관 개체.

팀 섀도우리스는 그들을 쓰러뜨리지 못했다. 그들은 격전을 치르던 도중 갑자기 자멸해 버렸기 때문이다.

"덕분에 최악의 상황은 피할 수 있었지만… 이유는 전혀 알 수가 없었지."

특수 지휘관 개체가 계속 버텼다면 사태는 더 심각했을 것이다. 그 상태에서 타락체들의 합공까지 맞이했다면 버틸 수 없었을 테니까.

"아직 생존한 군주들의 힘을 쓰는 특수한 지휘관 개체 셋, 그들이 승패가 가려진 것도 아닌데 일제히 붕괴했다라……"

수상한 냄새가 풀풀 난다. 군단에서 대체 무슨 일이 벌어진 것일까?

『헌터세계의 귀환자』 9권에 계속…

# 초대형 24시 만화방

신간 100%, 샤워실, 흡연실, 수면실(침대석), 커플석, 세탁기 완비

## ■ 광명 광명사거리역점 ■

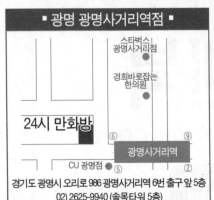

경기도 광명시 오리로 986 광명사거리역 6번 출구 앞 5층
02) 2625-9940 (솔목타워 5층)

## ■ 강북 노원역점 ■

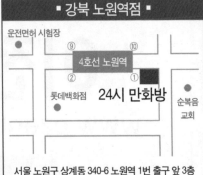

서울 노원구 상계동 340-6 노원역 1번 출구 앞 3층
02) 951-8324 (화용빌딩 3층)

## ■ 일산 정발산역점 ■

라페스타 E동 건너편 먹자골목 내 객잔건물 5층
031) 914-1957

## ■ 일산 화정역점 ■

경기도 고양시 덕양구 화정동 984번지 서일빌딩 7층
031) 979-4874 (서일사우나 건물 7층)

## ■ 부천 역곡역점 ■

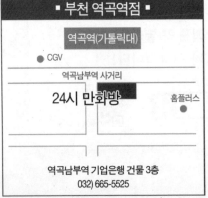

역곡남부역 기업은행 건물 3층
032) 665-5525

## ■ 부평역점 ■

(구)진선미 예식장 뒤 한신포차 건물 10층
032) 522-2871

MODERN FANTASTIC STORY

강준현 현대 판타지 소설

# 주무르면 다고침

희귀병을 고치는 마사지사가 있다?

트라우마를 겪은 후 내리막길을 걸어온 한두삼.
그는 모든 걸 포기하고 고향으로 향하게 된다.
그리고 그곳에서 특별한 능력을 얻게 되는데……

"도대체 나한테 무슨 일이 생긴 거지?"

한두삼,
신비한 능력으로 인생이 뒤바뀌다!

Book Publishing CHUNGEORAM

유행이 아닌 자유추구 -
WWW.chungeoram.com

# 검선마도

조돈형 新 무협 판타지 소설

FANTASTIC ORIENTAL HEROES

매화가 춤을 추고 벽력이 뒤따른다!

분심공으로 생각과 행동을
둘로 나눌 수 있게 된 풍월.

한 손엔 화산파의 검이, 다른 한 손엔 철산도문의 도가.
그를 통해 두 개의 무공이 완벽하게 하나가 된다.

검과 도, 정도와 마도!
무결점의 합공이 시작된다.